私服のこはる様
制服のこはる様
塩
佐藤さん
俺にだけ甘い
Ore ni dake
Amai.
様
コスプレをする
こはる様

仁賀隆人
小彼郁実

私、傘を忘れてきちゃって。
傘、入れてくれる？

蓮　——ああ、佐藤さんには言ってなかったっけ？　付き合ってんだよ、俺と円花
円花　はぁっ!?
蓮　つーわけで見ての通りデートだよ、二人きりで
こはる　すっ……すご————い!!
こはる　いっ、いつからいつからっ!?　円花ちゃんはどうして私に教えてくれなかったの!?
蓮　たぶん、ぐっ、恥ずかしがってんだろ
こはる　え————っ！　そんな水臭いなぁ！　恋バナまでした仲なのに……でもそうなんだぁ、二人がまたくっついてホントに良かったぁ……！
村崎円花

蓮
ぐっ、ごふっ
こはる
円花ちゃん、陰であんなに頑張ってたからねえ、なんか自分のことみたいに嬉しいよ……うんうん
蓮
うぐっ、がっ……
こはる
……ところで、どうして円花ちゃんは、さっきから無言で蓮君の脇を小突いてるの？
蓮
は、恥ずかしがってんだろぐぅっ⁉
三園 蓮
佐藤 こはる

――こはるが悪い。

――こんな時に彼の傍にいなかった、こはるが悪い。

――だから私がもらう。

あたしは静かに髪をかきあげ、耳にかける。

そしてゆっくり、ゆっくりと顔を近づけていく。

こんな状況だというのに、頭の中は驚くほどに冷静だった。まるで別の視点から自分を俯瞰するような感覚さえある。

――いいよね？
だから問題なく、あたしは唇を近づける。彼のソレに、重ねるために。
こはるがまだ手にしていない大事なものを、私がもらうために――。

contents

Shiotai
Sato sa
Ore ni
Amai.
5
猿渡かざみ
Kazami Sawatari
イラスト／Aちき
Atiki

押尾 颯太
【おしお　そうた】
高校二年生。実家である
「cafe tutuji」の店員。

佐藤 こはる
【さとう　こはる】
高校二年生。
通称"塩対応の佐藤さん"

三園 蓮
【みその　れん】
高校二年生。
颯太の親友。

三園 雫
【みその　しずく】
蓮の姉。
古着屋「MOON」の店員。

根津 麻世
【ねづ　まよ】
雫の友人。
雑貨屋「hidamari」の店員。

五十嵐 澪
【いがらし　みお】
高校二年生。佐藤さんのクラスメイトで、
演劇同好会会長。

丸山 葵
【まるやま　あおい】
高校二年生。佐藤さんのクラスメイトで、
演劇同好会所属。

樋端 温海
【ひばた あつみ】
高校二年生。佐藤さんのクラスメイトで、
演劇同好会所属。

村崎円花
【むらさき　まどか】
高校二年生。
緑川市に住むヤンキー風の少女。

須藤京香
【すどう　きょうか】
凛香の姉。
凛香の恋路をかき回すのが趣味。

仁賀隆人
【にが　りゅうと】
SSFメンバー。
過去に佐藤さんにこっぴどくフラれている。

小彼郁実
【おがの　いくみ】
SSFメンバー。
佐藤さんの写真を撮るのが趣味。

唐花洋一
【からはな　よういち】
SSFメンバー。
常識人。だが上の二人に振りまわされがち。

c h a r a c t e r s

プロローグ　第16回ＳＳＦ定例報告会

✖　唐花洋一《からはなよういち》

県立桜《さくら》庭《ば》高等学校には写真部が存在する。

……いや、厳密に存在すると言っていいのかは分からないな。

ええと、書類上は存在するんだけれど、実在はしない？　幽霊部員ならぬ幽霊部？　ちょっと難しい立ち位置なんだよね。

……あ、自己紹介が遅れました。

ぼくは写真部二年の唐花洋一。

好物はたらのめ、ふきのとう、こごみ……とか、ああいう山菜のてんぷら。ああ、熱いお茶も好きだな。

友だちからはよく年寄り臭いって言われるけど、逆に言えばそれぐらいしか特徴のない、ごく平凡な男子高校生です。

話は戻るけど、ともかく桜庭高校写真部は写真部とは名ばかりでその実、写真はほとんど撮らないんだ。

ぼくだってそう。委員会に提出する活動実績をでっちあげるために二～三枚山菜の写真を撮ってコンクールへ応募することはあるけれど、本当にそれぐらいだ。

それでも、ぼくは今日も今日とて部活に向かう。

三階渡り廊下を渡った先にある桜庭《さくらば》高校別館、理科準備室へ――

「入るよ」

と一言言って、ぼくは理科準備室の重い引き戸を開いた。

初めにぼくを出迎えたのは暗闇《くらやみ》だ。日も沈んでいないのに、どうやらまたカーテンを閉め切っているらしい。

薄暗闇の中に浮かび上がる〝目〟が、ぎろりとぼくを睨《にら》みつけた。

「お、遅いわよ唐花《からはな》……また遅刻……」

「それに不用心だ。合言葉はどうした？　誰かに尾《つ》けられていないだろうね？　我々の存在が愚昧《ぐまい》な連中に露見したらどうなるか……」

「ごめんごめん、帰り際先生にゴミ捨て頼まれちゃって、次から気をつけるよ。……ところで電気つけていい？」

「ダメに決まってるでしょ!!　唐花アンタちゃんと話聞いてたのっ!?」

「座りたまえ唐花洋一《よういち》！　座りたまえ！」

照明のスイッチへ手をかけたところで、暗闇の中から矢のように非難の声が飛んできた。

そ、そんなに怒らなくてもいいのに……

「座りたまえ！」

「わ、分かったよ……座るって……」

ぼくはしぶしぶ言って、暗闇の中手探りで席に着く。

それを確認すると、写真部部長は一つ咳払《せきばら》いをして……

「……全員揃《そろ》ったようだね。じゃあ時間も押してることだし始めよう——第16回ＳＳＦ定例報告会を」

暗闇の中から、ぱちぱちぱちと拍手があがった。

そう、桜庭高校写真部とは世を忍ぶ仮の姿。

しかしてその実態は、Ｓ（塩対応の）Ｓ（佐藤《さとう》さん）Ｆ（ファンクラブ）——すなわち2のAの佐藤こはるさんを秘密裏に支持する非公式ファンクラブの、いわゆる隠れ蓑《みの》となるダミー部活である——！

「では司会はいつも通りこのボク、ＳＳＦ会長の仁賀隆人《にがりゅうと》が務めさせていただく。初めは……小彼郁実《おがのいくみ》クン、お願いしてもいいかな？」

「ええ、もちろんいいわ……」

今回のトップバッターは二年生の小彼さん。

ＳＳＦでは珍しく女性の会員であり、メンバーでは唯一本当に写真を撮るのが趣味という、ちょっぴり人見知りな女の子。プリントアウトした秘蔵写真の数々をアルバムにまとめて、いつも肌身離さず持ち歩いているのが特徴だ。

まぁそれはたいていが佐藤《さとう》さんの隠し撮りだけど……

閑話休題。

小彼《おがの》さんは震える声で語り出した。

「あれは……忘れもしないわ、先週木曜日の放課後のことよ……」

■CASE1　小彼郁実《いくみ》の報告

……あの日も、私はいつも通りこはる様を陰ながら見守っていたわ。

あ、アンタたちにはいまさら説明しなくてもいいと思うけど、これは決して「ストーキング」なんて低俗な行為ではないの。

これは地上に舞い降りた天使たる彼女が、下賤《げせん》な輩《やから》に穢《けが》されないよう人知れず警護する、きわめて重要な使命。もちろん逐一写真を撮ることだって、彼女の健康状態を客観的に観察できるよう記録しているだけで――！

……話が逸《そ》れたわ。

ともかく私はこはる様に気付かれないよう、放課後、彼女の後を尾行してたというわけ。こはる様が何事もなく家へ帰れるようにね。

そうしたら……あぁ忌々《いまいま》しい！　ヤツが現れたのよ！

口に出すのも腹が立つ！　大天使こはる様を堕天せしめんとする汚らわしきデーモン——押尾颯太《おしおそうた》が！

押尾颯太はこはる様を言葉巧みに誘導！　学外へ誘い出すと、図々しくも——図々しくもこはる様と肩を並べて歩き出し、ある場所へと向かったわ！

そう、桜庭《さくらば》図書館よ！

押尾颯太があの聖人ぶった笑みの下になにを隠しているか、分かったもんじゃない！　少しでも怪しい動きを見せたらすぐにでもこはる様を守ろうと思って、私は本棚の陰から押尾颯太の一挙一動に目を光らせたわ！

……そしたら二人は隅っこにある小さなテーブルに向かいあって座り、勉強道具を広げ始めたの。ここで私はようやく押尾颯太の意図が読めたわけね。

皆も知っての通り、こはる様は勉学においても完璧《かんぺき》。学年では常にトップクラスの成績をキープしているわ。

対して押尾颯太は平々凡々、可もなく不可もなく……ふん、なんの面白みもない成績ね。

つまり押尾颯太はこはる様から叡智《えいち》を授かろうとしてたってわけ！

図々しいったらありはしないけど、こはる様に教えを乞《こ》うその姿勢は少し、ほんの少しだけ見直してもいいかも。

でも、こはる様はすぐに退屈なされたわ。押尾颯太《おしおそうた》の知能レベルがあまりに低かったのでしょうね。

そして押尾颯太が必死で数学のテキストにかじりついている間、こはる様は暇を持て余し、手遊びに興じられたわけだけど……

突然、こはる様はなにやら思いついた風に、押尾颯太の消しゴムへお手をかぶせたの。

……正直、私には初めこはる様の意図が分からなかったわ。

でも次の瞬間、何が起きたと思う⁉

押尾颯太がそれに気付かないまま、消しゴムへ手を伸ばそうとして――あろうことか、こはる様のお手に、自分の手を重ねたのよ‼

まぁ、さすがの押尾颯太とはいえ？　自らこはる様の穢《けが》れなき御手に触れることがどれだけ罪深い行為かは自覚していたみたいだけど？

だってその時の押尾颯太の慌てっぷりときたらもう、椅子《いす》からひっくり返るぐらいの勢いだったんだから。

そして押尾颯太は当然その手を引っ込めようとするわよね？　でも、こはる様は何を思ったのか、その手をこう……素早く摑《つか》んだの！

そして哀れにも狼狽《ろうばい》した押尾颯太が何か言葉を発しようとしたところ、こはる様は人差し指を唇にあて、悪戯《いたずら》っぽく微笑なさり、そしてこう囁《ささや》いたのよ――

「――押尾君、図書館では静かにしないとダメなんだよ？」

✖　唐花洋一《からはなよういち》

「こはる様の……っ！　穢れなき……無垢《むく》なっ……！　白魚のような指……陶器のような肌に触れたうえ……あまつさえ、あまつさえっ……ぎいいいいいいっっっ!!」

小彼《おがの》さんはやけに主観の強い報告を終えるなり、ダムが決壊したように叫びをあげた。

部屋の暗さのせいでイマイチ分からないけれど、このバリバリという音を聞く限り、多分自らの頭皮をかきむしっている。怖い。

「まったくもってけしからん話だな」

これは仁賀《にが》君。いかにも深刻ぶって頷《うなず》くと、

「唐花洋一、キミはどう思う」

こちらへ話を振ってきた。

ぼくは一度「うーん」と唸《うな》ったのち、こう答える。

「……純粋に、いいなあと思ったけど……いたあっ!?」

ぱんっ、すぱぁっん、とリズムよく二度頭を叩《たた》かれた。仁賀君と小彼さんによる息の合った

コンビネーションだ。

「唐花《からはな》っ!! アンタなんて恐れ多いことを!!」

「全くキミはこの会で何を学んできたんだ! SSFの大原則は『塩対応の佐藤《さとう》さんには触れるべからず』だ!! SSFの恥さらしめっ!」

「じっ、実際、いいと思ったから仕方ないじゃないかぁ……!」

情けない声で抗議してみるも、暗闇《くらやみ》の中からぎろりと睨《にら》まれただけだった。

本当にこの会怖いよ! 本音を言えば早く抜けたい!

「ったく……ファンの風上にも置けんな。ほら、次はキミの報告だ唐花洋一《よういち》」

「ええっ、ぼく? そんな急に言われたって……」

「早くしなさいよっ!!」

「わ、分かったって……う――――ん……あ、そうだ、そういえば昨日こんなことがあったよ」

■CASE2 唐花洋一の報告

ええと、昨日ってさ、五限の終わりごろから強い雨が降り出したじゃん?

女心と秋の空ってのは本当だね。朝登校する時は、あんな雲一つない晴天だったのに。

ちなみに言っておくけど、ぼくはちゃんと傘を持ってきたよ。

もちろんほとんど皆がそうしてた。だって朝の天気予報で夕方からは天気が崩れるから注意しろって、散々言ってたからね。

ホームルームのあと、ぼくが掃除当番を終えた頃になっても、まだ雨足は強くて……

……いや！　待って待って待って！

分かってるから叩《たた》こうとしないで！　本題はここからだから！

そ、そう、そんなわけで、ぼくはいつもより少し遅い時間に帰ることになったんだ。

外は雨が降っていて、時刻は18時より少し前……だったかな？　もう大分暗かったね。

正面玄関にはもうほとんど人が残っていなかったわけだけど……そこでぼくは見たんだ！

佐藤さんを！

佐藤さんは正面玄関前のひさしの下で雨宿りをしながら、一人佇《たたず》んでいたよ。

雨の降る灰色の町を物憂《ものう》げに眺めながら……あれは画《え》になったなぁ。

まあそれはともかく、ぼくはそんな彼女の立ち姿を見てピンときたんだ。

あれ？　もしかして佐藤さんは今朝の天気予報を見ていなかったのかな？　傘を忘れてしまって、それで家に帰れないのかな？　ってね。

もしそうなら、誰かが彼女に傘を貸してあげなきゃいけない。

幸い、その時ぼくはカバンに予備の折り畳み傘を入れていたんだよ。だから、よかったらこれを使いませんか、って勇気を振り絞って声をかけようとしたんだ。

そしたらね……ぼくは不思議なことに気がついた！

よく見たら佐藤《さとう》さんは持っていたんだよ！　小さな折り畳み傘を！　その手に握りしめていたんだ！

……でも、どういうわけか佐藤さんはその傘を差さなかった。

それどころか、ふと思いついたように、カバンの中に折り畳み傘をしまい始めたんだ！

ぼくが不思議に思っていたら……間もなく押尾《おしお》君が現れた。

どうやら二人は待ち合わせをしていたみたいだね。

そこで佐藤さんが正面玄関に一人で立っていた謎《なぞ》は解けたけど、わざわざ傘をカバンにしまった理由については分からないままだ。

「ごめん委員長に雑用を任されちゃって、待った？」「ううん、私も今来たところ」「それじゃあ帰ろっか」二人はそんなやり取りをして……そして佐藤さんは、おもむろに言ったんだ。

「それでね、押尾君……私、傘を忘れてきちゃって」

……このセリフを聞いた時、ぼくの中に衝撃が走ったね。

そして理解した。佐藤さんがわざわざカバンの中に傘をしまった理由、それは次の台詞《せりふ》のためにあったんだ――

「だから押尾君――傘、入れてくれる？」

✖ 唐花洋一《からはなよういち》

「……いやぁ知らなかったなぁ、佐藤さんにあんな一面があったなんて……それとも押尾君と付き合ってから変わったのかな？　ともかくあれは衝撃的な……」

「……それで？」

仁賀《にが》君が低い声で言う。

それで？

「いや、これで終わりだけど……いったぁっ⁉」

ぱんっ、すぱぁっん、と再びぼくの頭が鳴った。

「な、なにすんのさ⁉」

「唐花！　アンタは本当に使えないわねっ！」

「むしろそこからが大事なんだろうっ⁉　さあ言え唐花洋一！　そのあとどうなった！」

「いや本当に知らないんだって！　だって見ちゃダメでしょ⁉　男女が仲睦《むつ》まじくしているところなんて……ぎゃっ」

ぱんっ、すぱぁっん。

「痛いんだけど！」

「そこを見届けるのがボクたちの使命だろう⁉」

「そ、そしてあわよくば押尾颯太《おしおそうた》と刺し違えるのがアンタの使命でしょ……っ！」

「初耳だよ！　鉄砲玉になった覚えはないよ！」

本当にとんでもない会だなここは！

「まったく、嘆かわしい……じゃあ次はボクの番だ！　ちゃんと聴けよ唐花洋一《からはなよういち》！　一言一句逃さずだ！　このエピソードを聞けば、さすがにキミの死んだ脳細胞もたちまち蘇《よみがえ》り、事態の深刻さを受け止めることだろう！」

「人の頭パカパカ叩《たた》いて脳細胞殺したのはきみたちじゃん……」

「いいか、あれは先週の月曜日のことだ……！」

無視だよ……

■CASE3　仁賀隆人《にがりゅうと》の報告

あの日の放課後、ボクは二人のあとをつけていた。

言うまでもないね？　塩対応の佐藤《さとう》さんと、そしてあのにっくき押尾颯太の二人さ。

もちろんボクは塩を常備していたとも。いつだって、押尾颯太に辛酸ならぬ辛塩を舐《な》めさせられるようにね。

でも、すぐには仕掛けない。何故《なぜ》だか分かるかい？

そうだね、こんな話がある。

徳川家康《とくがわいえやす》はある日、側室の阿茶局《あちゃのつぼね》へ問いを投げた。この世で一番うまくて一番まずいものはなにか？

ちなみにこの問いの答えは塩だ。

料理の善《よ》し悪《あ》しを左右するのは結局のところ塩加減次第、ということだね。

そう、全ては加減なんだ！

生半可な苦境はむしろ男女の仲を深めるスパイスになりかねない。

だからこそボクは機会を窺《うかが》った！　二人の仲を台無しにするための機会を！　虎視眈々《こしたんたん》とね！

まぁそういうわけで、ボクはこっそりと二人の後をつけていたわけなんだが……ふいに、佐藤さんが立ち止まった。

一瞬、ボクの完璧《かんぺき》な尾行が気付かれてしまったのかと震えてしまったよ。

でもそれは杞憂《きゆう》だった。彼女は桜庭《さくらば》公園前にあるイチョウの樹を見上げて、こう言ったんだ。

「ねえ押尾君！　あれ撮ったら映《ば》えそうじゃない!?」

そう、ご存じの通り今は紅葉のシーズンだ。そのイチョウの葉も、輝くような黄金色に色づいて、ボクたちの頭上を彩っていたわけだよ。

いくつものダミーアカウントを駆使し、創設当時から彼女のアカウントを監視している諸君らにはもはや言うまでもないことだが、佐藤《さとう》こはるはミンスタにアカウントを持っている。

そこへ黄葉の写真を撮って、投稿しようと思ったのだろうね。

なるほど彼女らしい聡明《そうめい》かつ風雅な考えだ！

……しかしかの女神、もとい塩対応の佐藤さんにも欠点はある。

天は二物を与えないというかなんというか……ありていに言って、彼女は撮影技術が致命的に低い！　こればかりはさすがのボクたちでも擁護しようがないほどに！

翻って押尾颯太《おしおそうた》だ！

彼は取るに足らない衆愚の一人ではあるが……悔しいことに、撮影技術だけは高い！

……ああ待てっ！　落ち着きたまえ小彼郁実《おがのいくみ》クン！　別にキミの撮影技術と比較したわけではない！　こと佐藤さんを撮影するうえで、キミ以上に彼女の魅力を引き出せる者はいないよ！　だから座りたまえ！

……ごほん、話を戻そう。

まぁそんなわけで、押尾颯太は撮影技術が高い。だからこそ佐藤さんは彼に助力を求めたのだ。

「ねえ押尾君、いつもみたいに写真の撮り方教えてよ！」

……下々の者にも分け隔てなく接し、教えを乞《こ》う。本当の女神とは彼女のことだろうね……

ともかくそこで押尾颯太は――大変許しがたいことだが――スマートフォンを構える彼女

の後ろへ回り込んで、自らの手を重ねた。

さすがにそれが恐れ多い行為であることは彼自身も重々承知しているらしく、終始顔を真っ赤にして、ぎこちない動きだったけれどね。

そんな調子で押尾颯太は、佐藤さんの撮影を補助していたわけだが……ここで信じられないことが起こった！

いざシャッターを切ろうとしたその瞬間！　佐藤さんは意味ありげに微笑すると、素早くスマートフォンのカメラをインカメラに切り替えたのだ！

その時の押尾颯太の鳩《はと》が豆鉄砲を食らったような表情ときたら！

安っぽいシャッター音が鳴る。そして佐藤さんは、舞い落ちる紅葉の中で踊るように押尾颯太から距離をとると、小悪魔じみた笑みを浮かべながら、こう言った——

「——へへ、押尾君とのツーショット、また増えちゃった」

✖　唐花洋一《からはなよういち》

「——あッッッッまッッッッッッッッ！？！？」

仁賀《にが》君が話し終えるなり、ぼくは耐え切れずに叫んでしまった。

えっ……えっ!?　なにそれ甘っっっ！？！？　聞いただけで胸やけしたんですけど!?　う

ぐっ、くっ苦しい！　胸が苦しいッ……！　切なさで張り裂けそうだ!!

ちなみに、ついさっきまで十字架を向けられた悪魔よろしく暗闇《くらやみ》の中で「ぐぅ」だの「ぎぃ」だの唸《うな》っていた小彼《おがの》さんが、とんと静かになっていた。

あまりにも強い陽の気にあてられて、とうとう成仏してしまったのかもしれない。

ともかく、すごい衝撃だった！

「これで分かっただろう唐花洋一《からはなよういち》、事態はずっと深刻なのだよ」

悶《もだ》えるぼくを前に、仁賀《にが》君はいつも通りどこか気取った口調で語り始めた。

「——諸君らも知っての通り、我らSSFは先の桜華祭《おうかさい》にて、あのにっくき押尾颯太《おしおそうた》に大敗を喫した。それはもう、目もあてられぬほどに！　更にこの敗北により我らが塩対応の女神は失墜してしまった。これはすなわち信仰の堕落である！　由々しき事態なのだ！」

「……どういうこと？」

「ぜ、前回の桜華祭で私たちがしくじっちゃったせいで『あれ？　塩対応の佐藤《さとう》さんって全然塩対応じゃないじゃん、むしろ接しやすい子なのかな』なんて……愉快で……愚かな思い上がり……勘違いをする連中が現れたってことよ……！」

いつの間にか復活していた小彼さんが忌々《いまいま》しそうに答えた。

なるほどねー、まぁ実際あの時の佐藤さんは全然『塩対応』って感じじゃなかったもんなあ。

「しかも、しかもだ！　我らSSFの内部でも『オシ×サトよくね？』などという声まであがる始末!!　嘆かわしいっ！」

「……どういうこと？」

「く、くく口に出すのもおぞましいっ！　押尾颯太と佐藤こはる様のカップリング表記よっ!!」

「へぇ～」

小彼さんは物知りだなぁ。

それにしても……そっか、オシ×サトっていうのか。

でも確かにその気持ち分かるなー、だって桜華祭の舞台、あれはすごかったもん。ぼくも観客席から見ていて内心「オシ×サトよくない？」って思っちゃったし。

まぁ口に出したら二人からまた頭を叩《たた》かれそうだから言わないけど――と思っていたら、すぱぁんっと頭を叩かれた。

「痛いなぁもう！　まだ何も言ってないでしょ!?」

「暗闇の中からキミの心の声が聞こえてきたよ唐花洋一！　不信心者め！　いいか!?　我々には大義があるんだ！　無知蒙昧《むちもうまい》な連中から塩対応の佐藤さんを守り抜くという大義が！」

「……そうは言っても、ぼくたちもう潮時なんじゃないかなぁ」

「なっ、なんてことを言うんだ!?　幹部のキミがそんなことでどうする！　誇り高き同志たちに示しがつかないだろう！　撤回したまえ！」

「誇り高き同志たちって……」

ぼくは椅子《いす》から立ち上がって、いい加減照明のスイッチを入れた。

ぱちんと軽い音が鳴って、部屋はあっという間に蛍光灯の眩《まばゆ》い光で満たされる。

「うわっ!?」

「ぎゃあっ!?」

理科準備室の中からあがった悲鳴は二つ。……そう、たったの二つだ。

このがらんとした理科準備室が全て物語っている。

「……もう壊滅してるじゃん、ＳＳＦ」

「壊滅など、していないっ！」

無理やり太陽の下へ引きずり出されたミミズのごとくのたうち回っていた仁賀《にが》君が、力強く言い放った。

……そうは言っても、現状がこれなのだから仕方がないと思うけど。

「塩対応の佐藤《さとう》さんを取り戻す、なんて……きっとみんなで変な夢でも見てただけなんだよ。事実、桜華祭《おうかさい》のあの一件でメンバーのみんなも目が覚めたって感じだったし……脱退に次ぐ脱退で、今はもうぼくら三人しか残ってないじゃん」

「唐花洋一《からはなよういち》ッッ！　キミはこの会と、そして崇高な理念を否定するのか!?」

「……こじらせたオタクのたわごと以外の何ものでもないと思うけど……」

「言うに事欠いて唐花アンタっ!!」

「ちょっ!?　小彼《おがの》さん！　く、首絞まってる!!　苦しっ……！」

「──ともかくだ！　ＳＳＦは壊滅などしていない！　最後の一人になっても戦い続ける！　そして必ずや『塩対応の佐藤さん』を取り戻してみせよう！」

「取り戻すもなにも佐藤さんは最初からぼくたちのものじゃ……ぐぎぎぎっ、お、小彼さん、息がっ……し、死ぬ……」

「確かに桜華祭での敗北により、ＳＳＦは大量の離反者を出してしまった。クラスの風向きも変わって、現在の佐藤さんを支持するような動きも散見される。それになにより厳しいのは、五十嵐澪《いがらしみお》をはじめとした演劇部のメンバーが佐藤さんの友人になってしまったことだ。彼女らはクラスでの発言力も高く、我々はいっそう佐藤さんへ干渉しづらくなることだろう。はっきり言って状況はかなり不利だ。──だが、我々は諦《あきら》めない！　なんとしてでも押尾颯太《おしおそうた》と佐藤こはるの仲を引き裂き、そして元の冷たい塩対応の佐藤さんを取り戻すのだ！」

「よ、よく言ったわ仁賀！　ブラボー！」

仁賀君の演説に、小彼さんはようやくチョークスリーパーからぼくを解放して、ぱちぱちと拍手を送り始めた。

し、死ぬかと思った……

「うむ、ではこれにて第16回ＳＳＦ定例報告会は閉会とする」

「今回も実りある会だったわね」

「いやまったくだ、このあとはフタバでコーヒーでも飲みながら押尾颯太《おしおそうた》をどんな塩責めに遭わせるか考えることとしよう」

「そ、それはもちろんやるけど、実は私のこはる様秘蔵写真コレクション（隠し撮り）が増えたから、皆にも確認してほしくて……」

「おおそれは楽しみだ！　ほら唐花《からはな》いつまで寝てるつもりだい？　早く行くよ」

……床に這《は》いつくばったぼくは、荒い息を吐き出しながら彼らを見上げる。そしてこう考えていた。

こんな会、さっさと潰《つぶ》れてしまった方が世のため人のためではないのか、と……

♥ 佐藤《さとう》こはる

私、佐藤こはるにはひそかな夢があった。

……ふふ、改めて口に出すのも恥ずかしいんだけど、言うね。

それは——お昼休みに友だちと机をくっつけてお昼ごはんを食べること、だ。

ちなみにこれは「机をくっつけて」という部分がポイント。これをやることによって一気に友だち感がアップする（個人の感想）。

きっと普通に友だちのいる皆は、なんだそんなことかって思うのかもしれないけれど……

私にとっては中学生の頃からずっと憧《あこが》れだったんだ。

私も机をくっつけて、あの輪の中に入りたい。

そして私のどうでもいいおしゃべりに皆が笑ってくれる。

そんなささやかな夢が――とうとう叶《かな》ったのだ！

「それでね～！　この前二人で勉強した時の話なんだけど……押尾君の可愛《かわい》さったらなくて！」

「――その話もう一〇〇回目だっつの！」

まぁ返ってきたのは笑顔ではなく、みおみおの怒声であったわけだけれど。

……あれ？

ふと周りを見回してみる。

五十嵐澪《いがらしみお》さん、もとい「みおみお」は、私を睨《にら》みつけてあからさまに不機嫌そう。

丸山葵《まるやまあおい》さん、もとい「わさび」は、こっちの話なんか興味もなさそうに八個目の菓子パンにかじりついた（すごい）。

唯一、目をキラキラさせながら「それでそれでぇ？」と話の続きを急《せ》かしてくるのは「ひばっち」こと樋端温海《ひばたあつみ》さんだけである。

「ひばっちもよくそんな熱心に聞いてられるね～」

「ええっ？　だって気になるよねぇこはるちゃんの恋バナ？」

「恋バナじゃなくてノロケでしょ、さすがにこんな毎日聞かされたら飽きるわ～、メロンパンは何個食べても飽きないのに不思議だね」

わさびは最後にそう付け足すと、帽子ぐらいあるメロンパンをぺろりと平らげてしまった。

彼女の曲芸じみた大食いにはいつも驚かされるけど……

「……えへへ、私そんなに押尾《おしお》君のこと喋《しゃべ》ってたかなぁ？」

「毎日！　昼休みのたび！　飽きるほどに！　耳にタコができるわ！」

みおみおがすごい剣幕《まく》で捲し立ててきた。

以前まで、教室ではクールなリーダーキャラを演じてきたみおみおだったけれど、桜華祭《おうかさい》の一件で肩の力が抜けたのかもしれない。足首の捻挫《ねんざ》が治ってからというもの、彼女はずいぶんと分かりやすく感情を表に出すようになった。

でもそれにしたって今の彼女は、ちょっと怒りすぎな気もするけど……

「そっ、そんなにかなぁ……？」

「そんなによ！　アンタの頭の中は押尾君のことしかないのか!?」

「えぇーっ、そんなことは……えへへ」

「照れるないちいち！」

そう言われましても……へへへ。

「大体なによ……！　私には未《いま》だにカレシもできないのに、なんでこうも人のノロケを毎日毎日……」

「みおみおも優しいよね～なんだかんだ言って毎回ちゃんと聞いてあげるんだから」

「だっ……！　そりゃ友だちだから仕方なく……！」

「えへへ」

「照れるな！」

みおみおに頭をぱしんと叩《たた》かれたけど、にやけきった顔はなかなか戻らなかった。えへへ。

「えへへ、ごめんね皆、それもこれも最近の押尾《おしお》君が可愛《かわい》すぎるせいで……」

「ほら隙《すき》あらばノロケ！」

「無敵じゃん」

「それでそれでぇ？」

「ひばっちまだ聴くの!?」

「今度の週末に押尾君とデートに行くことになったんだけどね……」

「そしてアンタも話すんかい！」

「もうどのへんが塩対応の佐藤《さとう》さんなのか分からないね、見なよあのだらしない顔」

「ったく……この調子ならとっくに塩対応治っちゃったんじゃないの？」

みおみおが半ば呆《あき》れた風に言った、まさにその直後のことだった。

がつん、と椅子《いす》の背に衝撃がある。振り返ってみると、後ろの席の男子がちょうど昼食を終えて椅子から立ち上がろうとしているところであり……目が合った。

「あ、佐藤さんごめん椅子ぶつけちゃっ……」

——瞬間、極度の緊張により、私のにやけきった顔から一気に表情が抜け落ちる。

これを見て、彼は「ヒィっ!?」と短い悲鳴をあげると、

「すみませんでした!!」

そんな言葉を残して、どたどたと慌ただしく走り去っていってしまった。

遠ざかっていく彼の背中を見送ると、私は顔を青ざめさせて一言。

「び……びっくりした……」

「治ってないわこれ」

「治ってないね」

みおみおとわさびが呆れたように言う。

——そりゃ治らないよ！

確かに桜華祭《おうかさい》で私は、自分が「塩対応の佐藤さん」と呼ばれていることを知り、それからは頑張って愛想よく振る舞おうとしているけれど……人見知りはそう簡単に治るものではない！

さっきみたいな事故が起こると、咄嗟《とっさ》に「塩対応」が顔を出してしまう！　とりわけ男の人が相手だとなおさら……！

「本当は私も、男の人が相手でも怖がらずに挨拶《あいさつ》ぐらいできるようになりたいのに……」

「でも押尾君が相手だと？」

「押尾《おしお》君は他の男の人みたいに怖くないんだよね、なんだろう、優しいっていうかぁ、むしろ可愛《かわい》いっていうかぁえへへへへへへ」

「照れるなっ！」

「それで今度の週末はどこへデートに行くことになったのぉ？」

「ひばっちも掘り下げるな！」

「ええっとねぇ、今度の週末、押尾君とデートする場所は……」

「言うんかい!!」

……とまぁこんな感じで、ちょっと想定していたものとは違ったけれど、こんな騒がしい昼休みが今では私の日常となっている。

頬《ほお》が自然と緩んでしまうのは、なにも押尾君を思ってのことだけではないんだ。

ところで、今度の週末に押尾君とデートをする場所はというと……

♠　押尾颯太《そうた》

放課後、cafe tutujiにて。

「颯太、俺はお前が情けないよ」

テラス席の向かいに座った三園蓮《みそのれん》がおもむろに言った。

普段なら「親しき仲にも礼儀ありって知ってるか?」などと嫌味のひとつも飛ばす場面だ。でも、俺にはそれができなかった。

何故《なぜ》なら、俺の情けなさは俺自身がよく知っていたからだ。

「……やっぱ俺、情けないかなぁ」

「情けない。なんつーかもう、ダメダメだ。最近のお前はホントーーーに完全無欠にダメだ」

「そこまでか……?」

……いや、そこまでだよな、分かってるよ。

だって……

「最近の俺、完全に佐藤《さとう》さんに主導権握られてるもんなぁぁ……」

「手のひらの上で転がされている、と言い換えても可だ」

「ぐうっ!」

あまりに容赦のない物言いに呻《うめ》いてしまった。

季節は一〇月、衣替えの時季ということもあって日は短くなり、すっかり空気も肌寒くなってきたが、蓮の突き放すような態度には気持ちまで冷え込むようだ。俺のプライドはもうズタボロである。

突っ伏したテーブルの天板が、いやに冷たかった。

「でも、それはそれとしてこはるちゃんに自信がついたのは良いことなんじゃない?」

俺のことを気遣ってか、そんなフォローを入れてくれたのは父さんだ。

今日は平日ということもあってお客さんも少なかったので、暇を持て余したようだ。いつからかは知らないが、俺と蓮《れん》の会話に聞き耳を立てていたらしい。

父さんは続けて言う。

「それに女性が男性をリードするなんて別に珍しいことでもないじゃん。付き合い方は人それぞれだよ、多様性多様性」

「と、父さん……！」

いつもパンケーキと筋肉のことしか考えていない父親だけど、なんだかんだ、俺のことを心配してくれているのだ。

その優しさにはからずも涙腺《るいせん》が緩みかけていると……

「——分かってないな筋肉は、全っ然分かってない」

すかさず蓮が異を唱えた。

どうでもいいけど人の父親を「筋肉」呼ばわりするのは、いい加減やめてほしい。

「あのな、俺は別に男はこうあるべきとか女はこうあるべきとか、そういう時代錯誤な話をしているんじゃないんだよ」

「ほう、聞こうじゃないか」

「要するに俺はいち個人、押尾颯太《おしおそうた》という人間が、佐藤《さとう》こはるにされるがままで情けなくないのかと言っている」

「うぐっ！」

蓮から放たれた二本目の矢が、俺の胸に深々と突き刺さった。

「特に桜華祭《おうかさい》が終わってからの颯太は、完全に遊ばれている」

……そう、蓮の言う通りだ。

あの桜華祭の日から、ずいぶんと状況が変わってしまった。

俺が佐藤さんに弱みを見せてしまったせいだ。

──大好きな人からやきもち焼かれるのが嫌いな女子なんていないんだよ──

嫉妬《しっと》、独占欲、子どもじみたやきもち……そういう俺の中の……いわゆるダサい部分が、佐藤さんに見透かされてしまった。

それからというもの、佐藤さんは以前までの引っ込み思案が嘘《うそ》のように、ことあるごとに俺をからかい、その反応を見て楽しむようになった。

ぶっちゃけ言って、俺は佐藤さんから……

「舐《な》められてるよな」

「そこまでは思ってねえよ!?」

たまらず蓮に抗議した、その直後のことだ。

机の上でぽこんとスマホが鳴った。ＭＩＮＥ《マイン》の通知音である。

スマホを覗《のぞ》き込んでみると……噂《うわさ》をすればなんとやら、通知欄には「佐藤《さとう》こはるさんが画像を送信しました」との表示が。

「……画像？」

なんだろ？　なんの脈絡もなく……

そう思いつつも、通知欄からＭＩＮＥ《マイン》のトークルームを開き、

「どわっ！？！？」

悲鳴をあげて、スマホを取り落としてしまった。

スマホがテーブルの上を何度か跳ね、蓮《れん》と父さんが怪訝《けげん》そうに眉《まゆ》をひそめる。

「あぁ？　いきなりなんだ？　スマホがどうかしたのかよ……」

「!?　ま、待てっ！　見るな蓮！」

俺はすかさずスマホを回収し、手元まで引き寄せた。

あぁ……まだ心臓がバクバクいっている……

「じ、自撮りが……」

「あ？」

「佐藤さんと……この前二人で、イチョウの樹の下で撮った、自撮りが送られてきた……！」

「……」

蓮と父さんは、しばらく無言のままこちらを見つめたのち、声を揃《そろ》えて一言。

「舐《な》められてるわ」」

「うぐぅっ!?」

「……まぁ確かに、こはるちゃんは最初に比べるとずいぶん大人になったからねえ、そう考えると颯太《そうた》は何も成長してないかも」

「っ……!?」

ぐうの音も出ないとはこのことだった。

実の父親の発した容赦ない言葉に打ちのめされていると、蓮は一つ溜息《ためいき》を吐《つ》いて語り出す。

「……あのなぁ颯太、恋愛っていうのはいろんな形がある。守ったり、守られたり、リードしたり、されたり……でも舐められるのだけは駄目だ。それはもう対等じゃねえ」

「そ、そうかな……？」

「じゃあ颯太は人が人を舐めるのはどういう時だと思う？　ちなみにクイズじゃねえから勝手に答えるけどよ、答えは相手の底を見たと感じた時だ」

「相手の底を見たと感じた時……」

……この時、俺の頭の中には桜華祭《おうかさい》の日に見た佐藤さんの顔がリフレインしていた。

冷たい床、柔らかい膝枕《ひざまくら》、俺を見下ろす佐藤さん、そして今までに見たことのない悪戯《いたずら》っぽい笑顔……

――大好きな人からやきもち焼かれるのが嫌いな女子なんていないんだよ――

もしも俺の底が見透かされたとするのなら、あの時以外にない。

「……まさかとは思うが、颯太《そうた》。お前、恋愛は付き合ったらゴールだなんて思ってるクチじゃないよな？　恋愛の駆け引きは付き合ったらそれで終わりだなんて、そんな甘い考え持ってないよな？」

「そ、そんなことは……」

「だよな、当然のことだもんな。むしろ付き合ってからが本当の勝負なんだよ！　恋愛っていうのは、絶えず新しい刺激を与え合うもんだ。先に自分の底を見せた方が負けなんだよ。でも最近の颯太はどうだ？　一方的に佐藤《さとう》さんから遊ばれてるだけじゃねえか」

「……そうかもしれない」

「そりゃ佐藤さんも最初は楽しいだろう。『あの押尾《おしお》くんを私が手玉に取ってる！』、なんて具合に……でも俺から言わせれば刺激のない男は怠慢だ。オモチャはいずれ飽きられる」

「飽きられる……」

頭の中に、考えうる未来の――小悪魔じみた佐藤さんの姿が浮かび上がった。

塩対応の佐藤さんなんてあだ名は遥《はる》か忘却の彼方。彼女は妖艶《ようえん》で蠱惑《こわく》的な笑みを浮かべると、情けなく見上げる俺に向かって言う。

――押尾君、私飽きちゃった。ばいばい。

「ふぐっ……！」

「……お前、泣いてるのか……？」

妄想だけで歯を食いしばり涙を流す俺を見て、蓮《れん》は若干引いていたようであった。

しかし、改めてこの問題と向き合ってみてようやく事態の深刻さが分かった。

――このままじゃ、ダメだ！

「蓮っ！　俺はどうすればいいと思う!?」

「……ふん、やっとやる気になったみたいだな」

俺の目を見て、蓮が不敵に笑う。

普段は嫌な奴《やつ》だが、こんな時頼りになるのはやはりコイツしかいない！

「しょうがねえ、ここは俺が一肌脱いで……」

「――その恋愛相談っ!!　ちょおっと待ったぁ――――っ!!」

「ぶっ!?」

――と思っていたら突如割り込んできた何者かによって、蓮が力ずくに押しのけられてしまった。そして入れ替わりに俺を見下ろすのは一人の女性。

あ、あなたは……！

「雫《しずく》さん!?」

「やっぴー、私もいるわよ」

「麻世《まよ》さんも!?」

一体どこに隠れていたのだろう。三園雫《みそのしずく》さんと根津麻世《ねづまよ》さんによる、お馴染《なじ》みアパレルJDコンビの登場だ。すっかり秋服に衣替えをして、なんだか新鮮な光景である。

「ど、どうして二人が……？」

「へ――ん！　そんなの私がアドバイスしたいからに決まってるじゃん！　大体水臭いんだよソータ君は！　身近にこんなイケイケ女子大生二人組がいるのにレンにばっかり恋愛相談して！　なんで⁉　キレイなお姉さんに相談するのが恥ずかしいの⁉」

「そ、それは姉ちゃんが酔っぱらって颯太《そうた》のスマホから勝手にＭＩＮＥ《マイン》送った前科があるからだろ……ぐえぇっ⁉」

雫さんの放ったやけにキレのいいボディブローが蓮《れん》を黙らせた。

こ、こわ……

「まっ！　それはともかく私たちが来たからにはもう安心！　押尾《おしお》君を徹底的に改造してあげましょう！　そして今度は押尾君がこはるちゃんを手のひらでコロコロするわけだよ！　わはは」

「……まぁ雫の言い分はともかく、私たちも少しぐらいなら相談に乗れると思うから、ソータ君も気軽に聞いていいのよ？」

「雫さん、麻世さん……」

インパクトのある登場に初めは困惑したけれど、確かに二人とも恋愛経験は豊富なように見

える。それに佐藤《さとう》さんの気持ちは、やはり同性である彼女らの方が理解できるのだろう。

これは素直に嬉《うれ》しかった。蓮《れん》にも負けず劣らず、強力な助っ人だ。

蓮に加えて彼女たちのアドバイスもあれば、俺が今抱えているあの問題も、なんとかなるかもしれない。

「……実は、ひとつ困ってることがあるんです」

「ほうほう！　なになに!?」

雫《しずく》さんと麻世《まよ》さん、そしてようやくボディブローの痛みから回復した蓮が、俺の話に耳を傾けた。

「それというのも今度の週末、佐藤さんとデートに行くことになっているんですが……」

「いいじゃない！　どこに？」

「……〝三輪《みつわ》アニマルランド〟っていうんですが、知ってますか？」

うん？　と三人が揃《そろ》って首を傾《かし》げた。唯一テーブルを拭《ふ》きながら聞き耳を立てていた父さんだけが「ああ～、あそこかぁ」と納得した風なそぶりを見せている。

「ミツワ……アニマルランド……？」

「ううん、どっかで聞いたような気がすんだけどな」

「ごめんなさい、私はたぶん、聞いたことないかも……」

……三人が知らないのも無理はない。

「ここです」

俺はスマホを操作して、件《くだん》の施設の公式ホームページを画面に映し出す。すると彼らはスマホの画面を覗《のぞ》き込み、眉間《みけん》にシワを寄せて……

以下、三人の反応。

「これは……なに？　何らかの施設？」

「……全体的にセンスがバブルで止まってんな、ホームページのデザインも含めて」

「待って、観覧車が見える……遊園地かしら？」

「それよりも廃墟《はいきょ》に見えるけど」

「……あっ!?　思い出したぞ！　姉ちゃんここ昔一回だけ家族で行ったことあるよな!?」

「ええ？　そうだっけ？」

「ほら！　国道沿いの道の駅を越えた先にある、あの寂れた動物園だよ！」

「……あぁ――――!?　あるあるある！　あのいっつも駐車場ガラッガラの!?　っていうことは動物園デートね！　そりゃあまあ王道だけど……」

「……ここよりもっといい場所なかったの？」

以上。麻世さんの言葉で、示し合わせたように三人の言葉が途切れる。

要するに皆が同じことを思っているのだろう。ちなみに俺もそう思う。

――一応説明しておくと、三輪アニマルランドとは桜庭《さくらば》郊外にひっそりと佇《たたず》む小さな動物園のことだ。

昭和後期に開園し、当時はそれなりに賑《にぎ》わったらしいのだが……やはり時代の流れには逆らえない。当時の盛況ぶりは今や見る影もなく、外目に見ても寂れているのが分かる。

父さんがここを知っていたのは、ただ単に、三輪《みつわ》アニマルランドの全盛期をその目で見ていたためだ。今ではもう、若い世代では存在すら知らない人の方が多い。

わざわざそんなところへデートに？　というのはもちろん俺も考えたが……

「……佐藤《さとう》さんがどうしてもここがいいって言うんですよ。なんでも、昔から一度行ってみたかったらしいです」

「ふぅん、やっぱこはるちゃん変わってるね～」

「ま、本人が行きたいって言ってるなら別にいいんじゃねえの」

「ちなみにさっき言ってた困ったことってなにかしら？」

「それは……」

……やはり改めて口にするとなると躊躇《ためら》いもする。

俺は三人の見守る中、口をもごつかせて、なんとか言葉を絞り出した。

「こ……高所、恐怖症なんです……俺……」

三人のきょとんとした表情に、俺は顔から火が出るほどに恥ずかしくなる。

しばしの沈黙。

「……それが動物園となんか関係あんのか？　別にゾウとかキリンの背中に乗るわけでもねえだろ？」

「そりゃそうだけど……ほら、あるんだよ……三輪アニマルランドには普通動物園にはない、あれが……」

「あっ！」

雫《しずく》さんがようやくソレに気付いたらしく、ぱちぃんと指を鳴らす。

「——観覧車！」

蓮《れん》と麻世《まよ》さんが納得したように「あ〜」と声をあげ、俺は恥ずかしさから更に縮こまった。

「なるほど、観覧車かぁ」

「まぁ、あったら乗るわよね、観覧車。デートだし」

「しかも三輪アニマルランドは大観覧車がウリなんです……」

「あちゃ〜、そこまでくると乗らないのはむしろ不自然だわ」

「ちなみに颯太《そうた》君の高所恐怖症っていうのは、どの程度のものなの？」

「幼い頃に滑り台から落ちたことがあって、それ以来高いところでは足が竦《すく》むように……」

「……佐藤さんはそれ知ってるのか？」

蓮の問いかけには、ふるふるとかぶりを振って答える。

佐藤さんは俺が重度の高所恐怖症であることを知らない。

何故《なぜ》ならばそれは、佐藤《さとう》さんと付き合い始めてからの半年間、俺がひた隠しにしてきた事実であるからだ。

しかし、こんなことならばいっそ早めにカミングアウトしておくべきだった。

だってこんなことが今の佐藤さんにバレてしまえば……

「押尾《おしお》君って、か・わ・い・い〜〜〜」

「ぐうぅっ！」

雫《しずく》さんがやけに高音で佐藤さんの声真似《まね》をしたので、俺は呻《うめ》き声をあげてしまった。

その声真似はビックリするぐらい似ていないけれど……確かに目に浮かんでくる！　まるでいたいけな小動物を見るような、嫌な慈愛に満ちた佐藤さんの表情が……!!

「……まぁ、十中八九そうなるでしょうねぇ」

「そうなったら、もうどれだけカッコつけても無駄だな」

「ど、どうすればいいと思う……!?」

「まぁ、考えられる方法としては二つ」

蓮《れん》が二本の指を立てて言う。

「一つは、颯太《そうた》が高所恐怖症を克服すること」

「で、でも蓮……」

「分かってる。そんな筋金入りのトラウマが週末のデートまでにどうにかなるとは思わない。

それに……いくら時間をかけてトラウマを克服したところで、他のところでまたいつもみてえにからかわれて終わりだ。そこで、二つ目の方法」

「二つ目の方法？　それは一体……」

「――そりゃあもちろん！　ソータ君がこはるちゃんをリードすることだよ！」

蓮の言葉を元気いっぱいに引き継いだのは雫さんだ。

彼女は得意げに指をくるくると回しながら語り始める。

「幸い、デートが始まって速攻で観覧車に乗るバカなんていないわけですよ！　観覧車に乗るのは決まってデート終盤！　だったら、それまでにリードしまくればいいのさ！」

「り、リードって……？」

「ただのリードじゃない！　それはもう激リード！　リードしてリードしてリードしてリードしまくる！　そんでもってデートの流れをソータ君がコントロールする！」

「……つまり俺が佐藤さんから主導権を奪い返して、観覧車に乗らない方向へデートを誘導するってことですか!?」

「お～ソータ君は理解が早いね～、理系かな？」

「むっ、無理無理無理無理っ!!」

ぶんぶんとかぶりを振る。今の俺が佐藤さんをリードするなんて、そんな……

「無理ですよっ！　どうせまたからかわれて終わりです！　とてもじゃありませんが、今の佐藤さんを相手に主導権を握り続けるなんて……！」

「あら、それをできるようにするために、私たちがいるんじゃない」

「えっ……？」

麻世《まよ》さんが意味深に呟《つぶや》いて、にっこり微笑《ほほえ》む。

しかしその微笑はいつもの聖母のようなソレとは少し異なり、そこはかとなく嗜虐《しぎゃく》的な
……もっと言えばどこか楽しそうな……

「おっと逃げるなよ颯太《そうた》」

「そうだよ！　せっかくこれから楽しいことが始まるんだからさ！」

「はっ!?」

何やら危ういものを感じて後ずさったところ、素早く三園《みその》姉弟に回り込まれてしまった。

彼らの表情ときたら、まるで新しいおもちゃを与えられた子どものようで、一気に背筋が寒くなる。

「……あの、俺やっぱり」

「やっぱり？　やっぱりってなにさ、もう修業のプランだって練ってあるのに」

「修行!?　ちょ、ホントに何をっ……!?」

「決まってんだろ」

ここで、蓮《れん》がにいいっと口端を吊《つ》り上げる。

「——押尾《おしお》颯太改造計画だ」

■　須藤京香《すどうきょうか》

えー、こんにちは、京香です。

普段はしがないマンガ家なんかをやってるわけだけど……みんなアタシのこと憶《おぼ》えてるかな？　いや〜、憶えてないよねたぶん。あからさまにピンときてないって顔だもん。

でもこういえば分かるよね。

アタシのフルネームは須藤京香、つまり——須藤凛香《りんか》の姉にあたります。

……アハー、思い出したかな？　それはよかった。

じゃ、ここからが本題なんだけど、最近、アタシの可愛《かわい》い可愛い妹の様子がおかしいんだよね。

あ、いや、ごめんやっぱやり直させて、可愛いが足りなかった。

——最近、アタシの可愛い妹の様子がおかしいんだよね。

具体的にどういうところがおかしいのかというと、たとえば食事中に、

「はぁ」

と物憂《ものう》げな溜息《ためいき》を吐《つ》く。

そしてちびちびとおかずをつつくと、

「ごちそうさま」

と言って席を立つ。

アタシが心配して
「凛香《りんか》それしか食べないの？　今日は、ほら、凛香の好きな焼き鮭《ざけ》なのに」

と声をかければ、凛香ちゃんはもう一度「はぁ」と溜息を吐いて、

「食欲ない、お姉ちゃん食べていいよ」

とだけ言い残し、二階の自室へ引っ込んでしまう。これは明らかな異常事態だった。

……え？　大袈裟《おおげさ》？　ただ食欲がなかっただけだろって？

はぁ〜〜〜……？　なにそれモテなさそ……

……じゃあ分かりやすいように他の例も出すよ、ったく……

えーとぉ、そうだねぇ……最近の凛香ちゃんはとにかくラブソングばっかり聴いてるんだけど、とりわけ失恋とか悲恋を歌ったものを好むようになったね。

凛香ちゃんは隠れて聴いてるつもりかもしれないけど、ヘッドフォンから思いっきり音漏れ

してるから、隣の部屋で原稿描いてると聞こえてきちゃうんだよね～。

そういう意外に抜けてるところも凛香ちゃんの可愛《かわい》いポイント。お仕事も捗《はかど》ります。

……あ、あとあれだ。

この前、リビングでアタシと凛香ちゃんが一緒にドラマを観《み》てた時があったの。

ありきたりな設定、ありきたりな画《え》、どこをとってもベタベタベタ……

アタシは職業柄そんなことばっかり考えちゃうんだけど、凛香ちゃんがあんまりにも熱心に見てるもんだから、つい見入っちゃってさあ。

そんで、いわゆるライバルキャラの女の子が主人公への告白を諦《あきら》めるシーンがあんのよ。主人公の正ヒロインへの好意を知ってて、好きだからこそカレの気持ちを尊重したい？　みたいな？　まぁともかくそういう王道中の王道のやつね。

そんでアタシ、とうとう耐え切れなくなって言っちゃったの。

「馬鹿《ばか》ね～～、変な優しさ見せなきゃ全然チャンスあったのに。自分が幸せにならなきゃ意味ないじゃん」

ま、そういうキャラクターで、そういうストーリーだから仕方ないんだけどね。

でもその時、凛香ちゃんがぼそりと呟《つぶや》いたのをアタシは聞き逃さなかったの！

「……気持ちは分かるけどね」

……戦慄《せんりつ》したね、アタシは。

これでさすがにどんなニブチンでも理解できたでしょ。

アタシの可愛《かわい》い可愛い可愛い可愛い可（中略）愛い妹が、とんでもない大病を患ってしまったということが！

それは独りよがりな善意、恋愛におけるある種の諦《あきら》めの形——

その名も——〝負けヒロイン症候群〟!!

この病気は片想いの長期化、そしてそれに伴う臆病風邪をこじらせることで発症すると言われている。

症状は恋愛における積極性の減退、理解のあるイイ女感の演出などなど……「好きな人の幸せが私の幸せだから」などと言い始めたらステージ5、もう手の施しようがない。

今更言うまでもないけど、これはひじょ——に厄介な病気だ。

で、誰のせいでアタシの可愛い可（中略）愛い妹が、この病に冒されているのかというと
……もちろん見当はついている。

押尾颯太《おしおそうた》。

彼は（どういう経緯かは知らないが）一度だけウチに遊びに来たことがあるわけだけど
……アタシはその時ピンときたね。凛香《りんか》ちゃんはカレにベタ惚《ぼ》れなんだなあ、これが。

でも、肝心の彼は一回会っただけのアタシでも分かるぐらい——凛香ちゃんを恋愛対象として見ていない。

だって、カレには佐藤《さとう》こはるというカノジョがいるから。

見るからに浮気とかするタイプでもなさそーだし、凛香ちゃんのことは……悪いけど、友だちの妹ぐらいの認識だろうね。

年上の優しいお兄さんを好きになるのは女子の常……とはいえ、ずいぶん厳しいところを狙《ねら》ったものだよ、我が妹は。

はっきり言って敗色濃厚。

このままだと、あのドラマの女優みたいな典型的負けヒロインになっちゃう。

もちろん、思春期の失恋は通過儀礼みたいなものだと思う。

失恋を繰り返すうちに成長して、次の恋愛をより良いものにする、大事な儀式だ。

……でも〝負けヒロイン症候群〟だけは駄目、何故《なぜ》ならこの病気は後遺症が残ることでも知られている。

なんていうか恋愛自体に臆病《おくびょう》になっちゃって、その後の恋愛でも引きずっちゃうんだよね。

そして、より悪い恋愛ばかりを引き寄せるようになる。負のスパイラルの入り口ってワケ。

この病気を治療する最良の方法は、もちろん成功体験。

すなわち押尾君への片想いが成就することで、お姉ちゃんとしてはなんとかそれを手伝ってあげたいところだけれど……アタシのアドバイスを凛香ちゃんが素直に聞くとは思えないし、押尾君とこはるちゃんはすでに深い仲にあるわけで、略奪愛も、う～～ん……

――なんてことを〆切りもほっぽって一日中考えていたら、身体《からだ》が急激に甘いものを欲しはじめた。

う～～ん、こりゃもう〆切り間に合わんな。

アタシはPCの前で「ごめん編集さん」と呟《つぶや》いて合掌、身支度を整えていざ部屋を出る。

すると……

「あっ」

「ん？」

ちょうど自室へ戻るために階段を上がってきた凛香《りんか》ちゃんと鉢合わせした。

あ～～、我が妹ながら可愛《かわい》い。天使かと思った。

「お姉ちゃんこれからどっか行くの？　原稿ヤバいんじゃなかったの？」

しかもアタシの仕事まで心配してくれてる！

は～凛香ちゃんってば中身まで天使なんだから。

「原稿は諦《あきら》めた！　これから疲れた脳に糖分補給！　凛香も奢《おご》るから一緒に来……」

「――いらない、太るから」

ばっさり。

凛香ちゃんはそれだけ言うと、さっさと自分の部屋に引っ込んでしまった。

これからいつも通り、一人で恋愛ドラマの鑑賞会だろう。

……ん？　いやいや泣いてないよ？　別にドラマに負けたとか思ってないし。そっけないところも可愛いよ凛香ちゃん！　ぐすっ……

なんてことがありつつも、ともかくアタシは一人寂しく近所のフタバコーヒーまでやってきた。

……本当は極力一人で外を出歩くようなことはしたくなかったけど。

もちろんフタバのココアは飲みたい。

でも一人で外出すると、たいてい注目されてしまうから嫌なんだ。

「え～とじゃあ俺は……うわっ!?　お、おいっ……！　今スゲー美人が通った！」

「あの人すっご……顔小さっ……！　モデルさんかな……？」

「脚なげぇ～……」

店内へ入ると、それだけでアタシに気付いた何人かがこちらを振り向き、一様に目を丸くしてひそひそと囁《ささや》き始めた。

……自慢ではないけれど、アタシの容姿は人より少し注目を集めやすいらしい。

そのせいか一人で出歩くと、面倒な輩《やから》に絡まれることもしばしば。いっそすっぴんで出歩くことができたらいいのにと常々考えている。

でも、そういうわけにもいかないのが女子という生き物だ。

だからこそアタシは、げんなりする視線の雨に打たれながら、お気に入りのアーモンドホイップココアを注文して、できるだけ隅っこの席に陣取った。

ただココアを注文しただけでどっと疲れた……さっさとこれを飲んで、家に帰ろう。

そう思ってカップへ口をつけようとした、その時である。

「――そういえば今度の週末、押尾颯太《おしおそうた》は三輪《みつわ》アニマルランドへデートに行くらしい」

不意に、後ろの席からそんな声が聞こえてきた。

ちらりとそちらを見やると……押尾君と同じ高校の子だろうか？　制服姿の男女三人が一つのテーブルを囲んで談笑している。

私は瞬時に聞き耳モードへ移行する。

「三輪アニマルランドって……あの？　ぼくは小さい頃親に連れて行ってもらったっきりだなぁ、というかまだやってたんだ」

「確かな筋の情報だ、ＳＳＦの情報網は未《いま》だ健在というわけだな、わはは」

「そういえば小彼《おがの》さんはあそこでバイトしてるんだっけ？」

「ふ、ふん……！　イヤな偶然ね……！　でも、デートにあんなしみったれた場所を選ぶなんてセンスが終わってるわね押尾颯太……！　この調子なら私たちが手を下すまでもなく破局、破局よ……！」

「いいや気を抜いてはいけない、我々ＳＳＦはなにがなんでも押尾颯太と佐藤《さとう》こはるの仲を引き裂かねばならないのだ。万全には万全を期す」

「……それってつまり」

「もちろん、我々も当日は三輪アニマルランドに潜入し、秘密裏にデートを妨害する」

「ふふ……腕が鳴るわね」

「えーーっ⁉　そんなことのために高い入場料払って貴重な休日を潰《つぶ》すの⁉　もったいな‼　やだよぼく‼」

「コラ！　唐花洋一《からはなよういち》！　そんなこととはなんだ！」

「そうよ！　ファンクラブメンバーとしての自覚が足りないわ！　恥を知りなさい！」

「もういっそ退会処分にしてよ～……」

……これは、日ごろの行いのいいアタシと妹に、神様がくれたチャンスなのかもしれない。

「──ねえ、あなたたち」

気がつくと、アタシは身体《からだ》ごと振り返って彼らに声をかけていた。

突然見知らぬ女性に声をかけられたせいだろう。彼らは呆《ほう》けたように固まり、ぽかんとこちらを見つめている。

そんな彼らへ向かって、アタシは言った。

「その悪だくみ、アタシも一枚嚙《か》ませてもらっていい？」

一枚目　入場

♥ 佐藤《さとう》こはる

市営バスに乗り、国道を走ること数十分。

窓から覗《のぞ》く景色に人気《ひとけ》がなくなっていき、人家の数も数えられるぐらいになってきたなぁというところで、バスのアナウンスが到着を告げ、緩やかに停車した。

「三輪《みつわ》アニマルランド前」で降りたのは、私だけだ。

ぷしゅると気の抜けるような音を立てて、バスが発車する。

そしてバスが向こうのカーブを曲がり、完全に見えなくなったところで——いよいよ私のテンションは最高潮に達した。

「ここが三輪アニマルランド……！」

感動的な光景に、思わず声が漏れる。

……ずっと、ここに来てみたかった。

年季の入った正門も、色褪《いろあ》せた動物たちのイラストも、ここからでも見える大観覧車も……全部ホームページで見た通りだ！

「緑に囲まれた動物園」というキャッチコピーは嘘《うそ》じゃない。

燃えるような紅葉と輝くような黄葉が、園全体を包み込んでいる。

極めつきはこの真っ青なペンキで塗ったような秋晴れ！　鮮やかなコントラストが最高に映《ば》えている！　つまりは絶好のデート日和ということで……

……

………はぁ。

…………あっ、ダメダメ！　見惚《みと》れてる場合じゃなかった！

私はぱんぱんと頬《ほお》を張って、気を引き締める。

いけないいけない、本来の目的を見失うところだった。

私はバッグの中からスマートフォンを取り出して、バッテリー残量を確認する。

うん、バッチリ。これなら今日一日は余裕で保《も》つだろう。肝心な時に充電切れで撮れませんでした～じゃ、せっかくの計画も台無しだもんね。

……え？　なんの計画かって？

ふ・ふ・ふ、よくぞ聞いてくれました！

今日という日のため、私が綿密に計画した作戦。

それは――　〝そろそろ押尾《おしお》君の照れ顔を写真に収めちゃおう大作戦〟だ！

最近、照れる押尾君があまりにも可愛《かわい》すぎると私の中で話題になっているのはご存じの通りだけれど……

実を言うと私は、未《いま》だに押尾《おしお》君の〝照れ顔〟というやつを写真に収めたことがない。あろうことか、世界で最も可愛《かわい》いとまことしやかに囁《ささや》かれている押尾君の照れ顔を！　他でもない恋人である私がだ！

これはゆゆしき事態である。

とはいえ照れ顔を撮影するのはタイミングが難しい。そのうえ私が押尾君の照れ顔を撮影しようとしていることがバレれば、すぐに逃げられてしまう。

以上の理由から、押尾君の照れ顔を撮影するのはほぼ不可能と思われていたわけなんだけど……でも、ある日名案を思いついた。

――そうだ！　何枚写真を撮っても不自然じゃなく、なおかつ押尾君と一日中一緒にいられる状況を作り出せばいいんだ！

そんな完璧《かんぺき》な計算で導き出されたのが、今回の動物園デート。

デートなら何枚写真を撮っても不自然じゃないし、動物園なら一度入園してしまえばもう、途中で逃げ出すことはできない！

……だったら、思う存分照れさせてやろう。

私が押尾君を攻めて攻めて攻めまくって、その顔を羞恥《しゅうち》に染め上げてしまうのだ。

そしたらあとは思う存分写真を撮りまくれば、一枚ぐらいは押尾君の照れ顔がゲットできる

に違いない——というのが今回の作戦の全容であります。

そして、作戦はもうすでに始まっているのであった！

私は待ち合わせ場所の三輪《みつわ》アニマルランド正門前——ではなく、そこから少し離れた物陰に隠れて、いずれやってくるであろう押尾《おしお》君を待ち構えた。

あえて待ち合わせの時間より早く来たのは、このためだ。

「くふふ……」

耐え切れず、白い吐息と一緒に笑みを漏らす。

もしこれが成功したら、きっと最高の照れ顔が撮れる……！　念願の照れ顔が……！

そんなことを考えながら待つこと十数分。

さすがに身体《からだ》も冷え込み始めたあたりで……次のバスが「三輪アニマルランド前」で停車し、いよいよ中から彼が降りてくる。

——押尾颯太《そうた》。

言わずと知れた私の恋人だ。

押尾君は一度ぐるりとあたりを見回すと、まっすぐ正門前に歩いていって、一番目立つ猿のオブジェの近くでおもむろに立ち止まる。

——今だ！

私は逸《はや》る気持ちを抑えながら、慎重に、それでいて素早く、押尾君の背後に忍び寄る。

そして押尾君がこちらに気付いていないことを確信すると、背中から飛び掛かって……

「わっ」

「だーれだっ？」

――決まった！　後ろからの「だーれだ？」攻撃！

これには押尾君も顔を真っ赤にして、あたふたと可愛《かわい》い照れ顔を晒《さら》すこと間違いなし――

「佐藤《さとう》さんでしょ」

「えっ？」

……の、はずだったんだけれど、返ってきたのは思いのほか落ち着いた声だった。

てっきり慌てふためく押尾君が拝めると信じ切っていたものだから、普通に答えを言われたことでかえって面食らってしまう。

いや、それどころか押尾君はその手をゆっくりと伸ばしてきて、両目を覆う私の手に、その手を重ね――

「……佐藤さん、手冷たいね」

押尾君の温かい手が、私の手をぎゅっと握りしめてきた。

「ひゅっ」

心臓が跳ね上がって、変な声が出る。

――マズイ！

本能的ななにかが発する警告に従って、私は猫みたく飛《と》び退《の》く。

遅れて津波のような恥ずかしさがやってきた。

「な、なんっ、なんな……!?」

予想もしていなかったカウンターに、かああ――っと顔面が熱くなり、もはやまともな言葉を発することすらできない。

押尾《おしお》君を照れさせるつもりが、仕掛けた私の方が照れる結果になってしまった！

こ、こういうのをミイラ取りがミイラにって言うんだっけ!?

でも、あたふたする私とは打って変わり、押尾君は余裕の微笑《ほほえ》みを浮かべて一言。

「ごめん、待った？」

私はここで初めて気付く。

……押尾君のファッションの系統がいつもと違う。

上品なチェック柄のチェスターコートに、白いニット、そして細身のチノパン。

いつもはいい意味で高校生らしく、爽《さわ》やかなファッションが多い押尾君だけど、今日は清潔感があって、落ち着いていて……なんというか、すごく大人っぽい!?　まるで大学生のお兄さんみたいだ!!

ふと、私が押尾君の質問に対して返事をしないまま、固まってしまっていたことに気付く。

「……ぜっ、全然待ってないよっ!?　う、うん、今来たところで……」

「その割りには手が冷たかったけど」

「冷え性なのっ！　あははっ……」

なんだか赤くなった手指を押尾君に見られるのさえ恥ずかしい気がしてきて、私は素早く両手を後ろに回した。

あ、あれ!?　押尾君本当に全然照れてない!?　そんな馬鹿《ばか》な！　私が押尾君からいきなり「だ～れだ？」なんてやられたら絶対に照れるのに!?

でもこちらの動揺なんてなんのその。

「そっか、大変だね……ちょっと待ってて」

押尾君はそう言うと、コートのポケットからあるものを取り出し、ゆっくりとこちらへ歩み寄ってくる。

「佐藤《さとう》さん、ちょっと手出して」

「えっ？　あっ、う、うん……」

私は押尾君に言われるがまま、赤らんだ両手を差し出す。

すると押尾君はその手をとって、流れるような動作で、あるものをかぶせてきた。

……手袋だ。

しかもちょっと大きめの、たぶん押尾君の普段使いのやつ……

「俺は平気だから使っていいよ」

「…………………」

……ほんのりと温かい。押尾《おしお》君の体温が移っているんだ。

かじかんだ指先に、じんわりと熱が戻っていく心地よさを感じながらも——私は感謝の言葉すら忘れて戦慄《せんりつ》していた。

な……なにそのイケメンムーブ!?

いやっ押尾君は元からイケメンだけれども！　なんか今日はいつもと様子が違う!?

余裕たっぷりというか、いかにも大人の男性っていうか、まるでいつもとは別人みたいな

——と、ここまで考えたところで、私は自然と自らの口角が上がり始めていることに気付いた。

すかさず手袋を装着した右手で口元を押さえる。

——危ない！　今少しだけニヤケていた！

「……？　どうしたの、佐藤《さとう》さん？」

押尾君が心配そうにこちらを覗《のぞ》き込んでくる。

ちょ、ちょっと待って……上がった口角が元に戻らない……

っていうか今私が口元を押さえてる手袋って押尾君の手袋だよね!?　なんか押尾君の匂《にお》いが

……だ、ダメダメダメダメっ!!

「……な、なんでもないよ、ありがとう押尾君……！」

最後は気合いだ。私は上がった口角を無理やり元の位置へ戻して、なんとかそう答える。

ただまぁ力ずくで戻したせいで、余裕たっぷりに微笑《ほほえ》んだつもりが、かなりぎこちない表情になってしまった気がするけど……

「そ、そう……？」

「そうだよっ！　さ、さあ押尾君！　早く入場しよう！　私ポメラニアンとか見たいなぁ!?」

「動物園にポメラニアンはいないと思うけど……」

「さあさあさあ行こうよ！　楽しみだな～動物園っっ!!」

押尾君が至極真っ当なツッコミをしていたけれど、私ときたら早口で捲《まく》し立てて誤魔化《ごまか》すので精一杯だった。

何があったのかは知らないけれど、今日の押尾君は……何かが違う!!

仕切り直し仕切り直し！　気を引き締めて佐藤こはる!!

今日は私が押尾君を照れさせる日――それなのに私が照れてしまっていては、逆に押尾君のペースになってしまう！　そしたら計画がパアだ！

ダメダメダメダメ!!　それだけは許さない！

今日！　照れさせるのは！　私！

今度こそ、今度こそ絶対に押尾君を照れさせてみせる！

「す、すみませんっ、高校生二枚で！」

窓口のお姉さんから入場券を購入した私は、決意を新たに、押尾《おしお》君と並んで三輪《みつわ》アニマルランドの入場ゲートをくぐる。

その瞬間、私と押尾君の動物園デート――もとい〝照れさせ対決〟の火ぶたが、切って落とされたのである――

♣三園蓮《みそのれん》

「いやぁ～～、今のはだいぶきわどかったですなあ解説の麻世《まよ》氏」

「こはるちゃんが自分の照れを隠そうとして攻撃の手を緩めたことに救われたわね、あともうひと押しあったら負けちゃってたかも」

「押尾君、手袋渡したあと自分で自分の台詞《せりふ》に照れちゃってたもんね。こはるちゃんはちょうど見てなかったみたいだけど」

「やっぱり最初の『だ～れだ？』を無表情で切り返して、こはるちゃんのペースを乱したのが大きかったわねえ」

「あれは押尾選手ファインプレーでしたなぁ、修行の成果は十分に出ているようで、ええ」

「……何やってんだ」

俺――三園蓮は彼女らの後ろ姿を見て、溜息《ためいき》混じりに言う。

物陰からひょっこりと顔を覗《のぞ》かせ、颯太《バカップル》と佐藤さんの掛け合いを実況するのは、我が姉――三園雫《しずく》と、その親友・根津《ねづ》麻世さんだ。

悪趣味な覗き行為を心底楽しそうに行う二人。だけど、そのためだけにこんな辺鄙《へんぴ》な場所まで付き合わされた俺はたまったものではない。

そりゃあ嫌がる颯太《そうた》に無茶な特訓をさせるのは楽しかったけど、俺はこの二人ほどいい性格をしてないんだ。

はぁ、せっかくの休日が……

……いや、その点で言えば俺よりもアイツの方が不満たらたらか。

「……日曜の昼間っから何やってんだろアタシ」

分かりやすく気だるげな声。

声の主は地べたに座り込み、実につまらなそうに遠くの山なんかを見つめている。

そりゃあ休日にわざわざ桜庭《さくらば》まで呼びつけられりゃあそんな顔にもなるさ。

佐藤《さとう》さんの数少ない友人にして俺の幼馴染《おさななじみ》の――村崎円花《むらさきまどか》だ。

「……はぁ、こんなことなら潮《うしお》さんに頼んでバイト入れてもらえばよかったな……」

呼ぶ方も呼ぶ方だが、これに素直に従い、原チャリ飛ばしてわざわざ桜庭まできた円花も円花だ。

やっぱりヤンキーだから上下関係とか気にすんのかな……いや、実際にはヤンキーってわけでもないらしいが……

「雫《しずく》さーーん、麻世《まよ》さーーん、アタシもう帰っていいっすかーー?」

とうとう我慢できなくなったらしく、円花《まどか》が声をあげる。

でも姉ちゃんはそれを鼻で笑って、

「なーーに言ってんだい円花ちゃん! お楽しみはこれからでしょ!」

「……すんません麻世さん、雫さんが何言ってるか分かんないんスけど」

「私たちも後に続くってことよ」

「「はぁ!?」」

俺と円花の声が重なる。

冗談だろ?

「後に続くって……俺たちも入場するってことか!? 金払って!?」

「あったりまえじゃん! なんのためにわざわざ円花ちゃんまで呼んだと思ってんの? 大丈夫! 雫姐《ねえ》さんに任しときな～! チケット代ぐらいは奢《おご》ってやるとも」

「ちょ、ちょっと勘弁してくださいよ……! アタシこんな覗《のぞ》きみてーなの、全然趣味じゃないっつーか……!」

「覗きじゃない! 見届けるんだよ私たちは! ソータ君の成長ぶりを! あの辛《つら》く厳しい修行の日々を忘れたのか!」

「……いや、アタシ緑川《みどりかわ》にいたから知らんし……」

「そう、あれは秋風の冷たい、夕暮れ時のこと……！」

「無視かよ……」

誰かこの暴君を止めてくれ。

■押尾颯太《おしおそうた》の修行

あれは押尾颯太改造計画、初日の出来事だったと記憶している。

「――いいかいソータ君！　キミの勝ち筋は、とにかく攻めて攻めて攻めまくって！　こはるちゃんを防戦一方に持ち込むこと！　攻撃は最大の防御！　分かる⁉」

cafe tutujiのテラス席にて。

いかにも偉ぶった姉ちゃんが、颯太に対してもっともらしくそんなことを説いていた。

颯太も颯太で、よせばいいのに大真面目な顔してふんふん頷《うなず》きやがるもんだから、姉ちゃんも際限なくつけあがる。

「はっきり言ってソータ君は防御力が低すぎる！　今回ソータ君がいいように転がされているのは、こはるちゃんがそれに気付いたせいだよ！」

「まぁ、それはあるかもねえ」

合いの手を入れたのは麻世《まよ》さんだ。

「今まではエセイケメンの仮面で誤魔化《ごまか》せてたけど、桜華祭《おうかさい》の一件でついにボロが出ちゃったって感じよね」

「うぐぅっ！」

歯に衣《きぬ》着せぬ物言いに颯太《そうた》が呻《うめ》いた。

どうでもいいけど麻世さんの言葉はたまに容赦がなさすぎる。

しかし麻世さんには、同時に困っているヤツには必ず手を差し伸べる優しさもあるわけで。

「でも、それはこはるちゃんも同じなんじゃない？」

「ど、どういうことですか……？」

「こはるちゃんも同じく防御力が低いってこと」

「麻世の言う通り！」

ここからは姉ちゃんが言葉を引き継ぐ。

「要するに、条件が対等になっただけなのよ！　ノーガードでの殴り合い！　となればより重くて速いパンチを打ち続けた方の勝ちってこと！」

「……？　どういうことですか？」

「――より強いアプローチで相手を照れさせた方の勝ち、っつーことだよ」

姉のフィーリング全開のアドバイスは、弟である俺が責任をもって翻訳した。

もっとも、颯太はそれですらしばらく言葉の意味が理解できなかったみたいだが、少しの間をあけて……

「――俺が佐藤《さとう》さんを照れさせるってことですか!?　できませんよ！」

「……麻世ぉ、ソータ君がしらばっくれるんですけどぉ～」

「ホントね、今まであれだけ言葉巧みにこはるちゃんのこと手玉にとってきたのに……」

「言い方!!　意識してやったことなんて今まで一回もないですって！」

「天然ソータ一〇〇％」

「意味わかりませんよ！」

「ジゴロ」

「死語!!」

「それはともかく、そうねえ、しいてアドバイスするなら……」

声を荒らげて肩で息をする颯太とは裏腹に、姉ちゃんと麻世さんはけろっとしていて、挙句勝手に話を進めていく始末。

薄々感づいてはいたが、二人は颯太にアドバイスをしたいわけではなく、ただ自分たちが颯太で遊びたいだけではないのか……

「まぁ定番なのは相手の細かい変化に気付いてあげられることよね」

「細かい変化？」

「髪切ったとか、アクセ変えたとか、ネイルしたとか……とにかく色々ね」

「絶妙な細かさが難しいのよ！　女の子を喜ばせつつキモがられない絶妙な細かさが！　レンは……分っかんないでしょ～ね～、ガサツだもんね～～」

「いや？　俺は女が指摘されて嬉《うれ》しいところは大体分かってるから、逆にそういうとこだけチェックしてる」

「チッ、我が弟ながらこすいわ。あーヤダヤダ」

「――それなら俺にもできそうです」

おもむろに颯太《そうた》が言った。

これを聞いて、姉ちゃんがはんと鼻で笑う。

「ほ～～～～っ？　エセイケメン君が言うてはりますわ！　女の子の細かい変化に気付くのに自信アリってかい!?」

「いやまぁ、自信アリってほどではないですけど……たぶん、大丈夫だと思います」

「あははっ！　麻世《まよ》、今の聞いた!?　言うに事欠いてたぶん大丈夫だってさ！　へそと茶が沸くわ！」

「へそは沸かないわよ」

「そーいうヤツに限ってなんも気付かないし、言わねえんだっ！　カノジョがどんな風に変わろうが興味ないんだよなーっ！　甘えてんだよなーっ！　カレシって立場によっ！」

「姉ちゃん急にどうした」

「きっと昔の男を思い出してるんでしょうね、雫《しずく》は男見る目ないから」

「ちがいます――っ！　実体験とかじゃありません――っ！　あと男を見る目はあります～～っ！　偶然あいつらが私の目を欺くのが上手《うま》かっただけです～～っ！」

やっぱり実体験じゃねえか。

喋《しゃべ》れば喋るほどボロを出す姉に呆《あき》れていると……どうやら姉ちゃんの物言いが癇《かん》にさわったらしい。颯太はむっと顔をしかめた。

「カノジョに興味がないっていうのは心外です。好きな人のことぐらい見てますよ、ちゃんと」

「ほ――っ、言ったね!?　じゃあ試しに私の細かい変化に気付いてみなよ！」

「……えっ？　なんで？」

「お―――い、姉ちゃん変なこと言ってんぞ――」

「雫さんの変化に気付いたところで、好きな人の細かい変化に気付けるっていう証明にはならないと思うんですが……」

「いいからやってみなよエセイケメンよ～っ！　どうせ無理だろうけどさ～～！」

勝手にカミングアウトして、勝手にヤケクソになってやがる……

俺はもうこんなの放っておけと思うのだが、颯太はやっぱり真面目……というか意外と負けず嫌いだ。すでに姉ちゃんの「細かい変化」を探し始めている。姉ちゃんは余裕綽 々《よゆうしゃくしゃく》だ。

「へ～ん、無理無理、そんな高等テクニックがソータ君にできるわけ……」

「……あ、雫《しずく》さんスニーカーの紐《ひも》新しいのに替えたんですね、似合ってますよ」

「──好きだ!! 付き合ってください!!」

「はぁっ!?」

ついさっきまで偉そうなことを言っていた実の姉が一瞬でオチる瞬間を目の当たりにしてしまい、思わず声が出た。

地獄かよ。

「コラっ雫! いくら男日照りだからってやめなさい! チョロすぎるわよ!」

「離して麻世《まよ》!! ソータ君なら……ソータ君ならきっと私を幸せにしてくれる!」

「そうやっていつもいろんな段階をすっ飛ばすからロクな男と付き合えないんでしょ!」

「やだやだ!! 私だって、私だってたまには……!」

「……」

麻世さんに羽交い絞めにされながらも駄々をこね続ける姉。

そしてそんな姉ちゃんへ、冷ややかな視線を投げかける親友……

俺はいったい何を見せつけられているんだろうと思わずにはいられなかった。

以上、回想終了。

♣ 三園蓮《みそのれん》

「……あの血の滲《にじ》むような特訓の日々が今の押尾《おしお》君の糧になってるんだなぁと、私は思うわけよ」

「記憶を美化してないか？」

俺の指摘が聞こえないのか、姉ちゃんは自らの言葉をしみじみと噛《か》み締めている。

相変わらず都合のいい脳味噌《のうみそ》だ。

まあ反面教師にならなれたのかもしれないが……

「――ま！　そういうわけだから行くよ二人とも！　ソータ君の修行の成果、私たちには見届ける義務がある！」

何がそういうわけなのかも分からない。

「あっ！　分かってると思うけどくれぐれもあの二人には見つからないでね！　そしたら面白くないから！　じゃあ行くぞ野郎ども！」

姉ちゃんはこれ以上ない力技で強引に話をまとめると、俺たちが反論するよりも早く入場ゲートまで走って行ってしまった。麻世さんも「先に行ってるわね～」とその後に続いていってしまう。

取り残された俺と円花《まどか》は、お互いに顔を見合わせ、嘆息。

「……悪い円花《まどか》、災害に巻き込まれたと思って、諦《あきら》めてくれ」

「……そういえば雫《しずく》さんって昔からこうだったよな」

こうして、俺と姉ちゃんと麻世《まよ》さんと、そして円花の四人による悪趣味な尾行が始まった。

● 五十嵐《いがらし》澪《みお》

「――何が『最近は押尾《おしお》君が可愛《かわい》くって仕方なくって、えへへへへ』よ、思いっきり踊らされてるじゃない」

三輪《みつわ》アニマルランド正門前。

あの二人《バカップル》がゲートをくぐって、その背中が見えなくなったのち、私は言った。

これを聞いてひばっちは「おお～」と、間延びした声をあげる。

「みおみお、こはるちゃんの声真似《まね》うまいねぇ～」

「特にだらしない『えへへへへ』の部分の再現度が高いね、さっすが演劇部部長」

そんな風に言いながら、さくさくとチョコバーをかじるのはわさびである。どことなく小動物みがある。

まぁ、今はそんなことより……

「で？　わさびの言う通り、こっそり後をつけてきたわけだけど……これからどうするの？」

「どうするのって、もちろん続行だよ、ほら、私たちも早く入場券買うよ」

「マジで言ってる……?」

呆《あき》れて言葉が出ないとはこのことか。

もっともひばっちは「わぁい動物園だぁ、私、プレーリードッグが見たいなぁ」なんて、いつも通りのマイペースを発揮しているけれど……

「……やっぱりやめにしない？　こんな覗《のぞ》きみたいなの、趣味悪いわよ」

「ここまできて今更なに言ってるのさ!?」

わさびが信じられない、といった風に声を張り上げる。

「——言ったよねみおみお!?　私が次の台本を書くためには、どーーーしてもリアルな恋愛を、直接この目で見ないといけないの！　フィクションじゃなくて、生のヤツ！」

「そ、それは聞いたけど……」

「私、芸術家肌だから創作に妥協はできないんだよね～っ！　せっかく身近に貴重なサンプルがあるんだから、するでしょ！　観察！」

「サンプルって……」

演劇について引き合いに出されると、私も言葉を濁すことしかできない。

ご存じの通り、私たち演劇部の脚本はほぼ一〇〇％わさびが担当している。

演劇部部長としてはそこを盾にとられると弱い。

でも……

「……やっぱり趣味が悪いわよ。友だちのデートを陰から覗《のぞ》くなんて……」

それはそれとして良心は咎《とが》める。

そう思っての発言だったのだけれど……二人は、まるで鳩《はと》が豆鉄砲でも食らったみたいに、きょとんと目を丸くしていた。

「な、なによ？　私変なこと言った？」

「……いや、むしろびっくりするぐらい真っ当なこと言ってるよ、というか」

「みおみお変わったねぇ、ちょっと前まではるちゃんのことあんなに嫌ってたのにぃ」

「なっ……！」

ひばっちの指摘に、思わずか――っと顔が熱くなる。

「き、気が変わっただけよ！　別にいいじゃない！　私が誰と仲良くしようと！」

「ふふふ、うん、もちろんいいと思うよぉ、ふふふふふ」

「笑うなっ！」

「みおみおって皆が思ってるよりずっと分かりやすいよね」

「どういう意味よっ！」

がるる、と二人を威嚇《いかく》する。これ以上余計なことを喋《しゃべ》れば噛《か》みついてやるぞと言わんばかりに。

すると、わさびは存外あっさりと、

「しゃーない、みおみおにも怒られちゃったし、恋愛観察はやめるか」

なんて言い出す。

「えっ？」

わさびにしてはあまりに素直な反応だったものだから、思わず拍子抜けしてしまった。

「やけに簡単に引き下がったわね……？　何か企んでる？」

「みおみおは私のことなんだと思ってるのさ、嫌がる友だちを無理やり協力させたりしないよ」

「そ、そう……？　ならいいけど……」

思いのほかまともな答えが返ってきて、私はほっと息を吐《つ》く。

そうだ、その通りだ。

やっぱりなんだかんだ言っても、わさびには良心があるんだ――

「じゃ、納得いただいたところで入場券買いに行こっか、行こ～ひばっち」

「うん、楽しみだなぁ、私プレーリードッグが見たいんだぁ」

――と思った矢先、わさびがひばっちを引き連れ、何食わぬ顔でゲートへと向かい始めた。

ちょっ!?

「ちょっとちょっと!?　わさび何してんの!?」

「え？　なにって、入場券買いに行こうとしてるんだけど？」

えっ、なにその本気で不思議そうな顔!?　間違いなくおかしなこと言ってるのはそっちだよね!?

「あの二人を尾行するのはやめたって言ったじゃない！」

「うん、言ったよ」

「そうよね!?　だったら……」

「だからそれとは別に、ただ三人で動物園へ遊びに行くんじゃないのさ」

「なっ……！」

「まっ、小さい動物園だし、中を回ってたら偶然あの二人と出くわすこともあるかもしれないけど、それは仕方ないよね～」

「……!?」

ち……違う！　わさびは二人の尾行を諦《あきら》めてなんかいない！

何か企んでる、だって？　……企んでいるに決まっているじゃないか！

だって彼女は私が知る誰よりもワガママで、そして一度決めたことはどんな手を使ってでも実現させる女なのだから――！

「だっ……ダメダメダメダメ！　行かせないわよ！」

私はすかさず進行方向へ回り込んで、二人の前に立ちはだかる。

「おっとみおみお、私を止めるつもりかい？　無駄だと思うけどなぁ」

「完全に悪役のセリフじゃない！　ダメダメダメ！　そんなモラルに欠ける行為は……」

「ふふん！　果たしてこれを見ても同じことが言えるかな!?」

「なっ!?」

わさびの妙な自信の正体、彼女の切り札——それを目にした瞬間、私はすでに詰まされていたことを知る。

「ひ、ひばっち……？」

「……プレーリードッグ、見れないのぉ……？」

「うぅっ！」

ひばっちが上目遣いに尋ねてくる。

さっきの上機嫌が嘘《うそ》のように瞳《ひとみ》を潤《うる》ませ、いかにも悲しげな、消え入りそうな声で……

「……はぁ～～～っ……………」

……わさびは本当にずるい。

昔から私が、ひばっちの頼みを断れたためしなんて一度だってないことを知っているのだ。

だから結局……

「……ああもう分かったわよっ！　本当に……本当に動物を見るだけだからねっ!?」

「最初からそのつもりだも～ん、ねえひばっち～、プレーリードッグ見れるってさ～」

「わぁい、やったぁ」

白々しく語りかけるわさびと、打って変わって小躍りなんかをするひばっち。

結局、いつも私が折れるハメになるんだ……

そんなわけで、私たち演劇部三人の長い一日が始まった。

◆須藤凛香《すどうりんか》

それはあたしが自分の部屋のベッドに寝転がって、友だちにMINE《マイン》を返していた時のこと。

「凛香ちゃ〜ん、今度の週末、お姉ちゃんと一緒に動物園行かなぁ〜い？」

……初め、お姉ちゃんが気持ち悪いぐらいの猫撫《な》で声でそんな風に声をかけてきた時、あたしは自分でも分かるぐらい警戒心を剝《む》き出《だ》しにした。

……また一体なにを企んでいるんだか。

どうでもいいけどノックぐらいしてよね、あたしだってもう15なんだから。

ま、それはともかく。

「行かない」

「うん！　じゃあ日曜の朝に私の車で……えっ⁉　行かないの⁉」

「行かない」

まさか断られるとは思ってもいなかったのか、お姉ちゃんは目に見えて驚いている。

あたしからするとそっちの方が驚きだ。

「ど、どうして？　お金？　それなら心配しなくてもお姉ちゃんが出してあげるよ……？」

「はぁ……」

思わず溜息《ためいき》。

実の姉にあまりこういうことは言いたくなかったけれど、たまにははっきり言ってやろう。

「……あのねお姉ちゃん、あたしいつまでも子どもじゃないの」

「……？　水族館の方がいい？」

「そういうことじゃなくって……いい？」

あたしはベッドから起き上がり、未《いま》だきょとん顔のお姉ちゃんに向き直る。

「あたしもう中学三年生なの、忙しいの。受験勉強にバスケの試合、友だちと遊びにもいくし、たまの休日はメ、メ、メ、メンテナンスにあてたりとか、とにかく色々あるの」

「何か予定でも入ってるの？」

「……」

言葉に詰まる。特に予定は入ってない。

「そっ、そういうことじゃなくって、あたしはお姉ちゃんの無神経さに怒ってるの！」

「……？」

「いきなり思いつきで誘うのをやめてって言ってんの！　もしかしたら予定があるかもしれな

いじゃんって言ってんの！」

「…………………？？？　でも空いてるんでしょ？」

「あ――――っもう！」

本気で理解できないといった風なのが、余計腹立たしい！

「とにかくいつまでもお姉ちゃんの都合に振り回されるあたしじゃないってこと！」

「それはつまり……………行かないってこと？」

「最初からそう言ってるじゃん！」

あたしはもーいやだ！　ってな具合にベッドへ倒れ込んで、そのまま無理やり会話を打ち切ってしまう。

思うに、お姉ちゃんはあたしを都合のいい遊び相手か何かと勘違いしてる節がある！

別に動物園が嫌いなわけではないし、小さい頃なら喜んでついていってただろうけど、いつまでもいいように使われるあたしじゃない！

「……あっちゃあ……参ったなこれは想定外……どうしようかな……」

お姉ちゃんが何やらブツブツ言い始めた。

ふん、聞こえない聞こえない。

「こ……今度のマンガで動物を描くことになっちゃってえ、どうしても取材したい動物園があってさあ……でも一人で動物園ってのは、ほら、なんか、ねえ……？　り、凛香《りんか》ちゃんがついてきてくれるとうれしいな～」

「お姉ちゃん信じらんないぐらいモテるんだから男の人と行けばいいじゃん」

こんなお姉ちゃんだけれど、見てくれだけはモデル級なので、軽く化粧をすると——それはもう空前絶後にモテる。隣を歩いているあたしが惨《みじ》めになるほどに。

正直に言えば、それもお姉ちゃんと外を歩きたくない理由の一つだ。

「マズイマズイマズイ……！　凛香がこないと意味ないのに……ええと、ええと……！」

それ独り言のつもりなんだろうけど、全部聞こえてるからね。無視無視。

「——あっそうだ！　動物園にはマヌルネコがいるらしいわよ！」

「猫!?」

無視を決め込むつもりだったのに、思わず反応してしまい「はっ」となる。お姉ちゃんはしたり顔で「にやり」と口元を歪《ゆが》めた。

し、しまった……つい……！

「……凛香は小さい頃から猫が好きだもんねぇ」

「す、好きじゃないもん」

取り繕うようにそっぽを向くが、もう何もかも遅かった。お姉ちゃんは自らのスマホを取り出し、それをいじりながら言う。

「え～なになに？　マヌルネコの個体数は減少の一途をたどっており、絶滅を危ぶまれておりますが、当園ではマヌルネコの人工的な繁殖に成功しており……」

「なっ、なに言われても行かないもん！　そんなよく分からない猫よりアメショーとかサイベリアンとかペルシャの方が……！」

「——赤ちゃん、生まれたばっかりなんだってさ」

あたしの言葉を遮るように、お姉ちゃんがスマホの画面をこちらへ向けてくる。

そして、画面の中で飼育員さんからミルクをもらう、小さくて、可愛《かわい》くて、愛《いと》おしいソレを目にした時点で——

「行きます」

あたしの負けは確定していた。


そんなわけで当日。

あたしはお姉ちゃんの車でマヌルネコのいる動物園まで連れてこられたわけだが……

「よりにもよってここなの……？」

——三輪《みつわ》アニマルランド。

桜庭《さくらば》の外れにある寂れた動物園。

国道沿いにあるため、車で移動しているとよく視界に入ってくるが——本当にそれぐらいしかコメントのない地味〜な施設だ。

まぁあたしとしてはマヌルネコさえ見られればそれでいいけど……

「お姉ちゃん、本当にこんなところを次のマンガに描くの？」

お姉ちゃんがどういうマンガを描いているのかは知らない（というか教えてもらえない）けれど、どうせ描くならもっと華やかな場所の方がいいんじゃないか？

そう思っての質問だったんだけれど、お姉ちゃんは何故《なぜ》か首を傾《かし》げて……

「んー？　なんの話？」

「はあっ？　お姉ちゃんがここを取材したいって言うからついてきたんじゃん」

「……………あっ、あぁっ!?　そうそうそうそう、ここをマンガで描くの！」

「……なに今の間？」

「なんでもないも～ん、あっ！　お姉ちゃん仕事の用事思い出しちゃった！　ちょっとだけ連絡してくるから待っててね！」

「……」

お姉ちゃんはそんな風に強引に会話を打ち切り、ぱたぱたと走って行って、どこかへ電話をかけ始める。

……あからさまに誤魔化《ごまか》された。

あたしだって馬鹿《ばか》じゃない。いきなり動物園に行きたいなどと言い出した時点で、お姉ちゃんが何かを企んでいるのは、なんとなく察していたけれど……

「……もしもし？　……今、到着したから、うん……手筈《てはず》通りに、じゃあ……」

声を潜めているつもりなんだろうが、電話の声が丸聞こえだ。

……ここまでお粗末だと指摘するのも馬鹿《ばか》らしい気がしてくる。

「ま、一番お粗末なのは猫につられたあたしか……」

お姉ちゃんの丸まった背中を見つめながら、あたしは一つ嘆息した。

✖　唐花洋一《からはなよういち》

「……あぁ、わかった……手筈通りに、では」

三輪《みつわ》アニマルランド正門前の物陰。

仁賀《にが》君がいつもの二割増しは気取った口調で言って電話を切る。きっと気分はスパイ映画なのだろう。

もっともぼくたちがやっているのは、それよりも遥《はる》かにしょっぱいことなわけだけど……

「に、仁賀……」

ぼくの隣で、おもむろに小彼《おがの》さんが声をあげた。

「どうした小彼郁実《いくみ》クン」

「そ、その……須藤《すどう》京香《きようか》とかいう女……本当に信用できるの……？」

——須藤京香。

さっきの仁賀君との通話相手であり、フタバコーヒー店内にて突然ぼくたちの計画に〝協力〟を申し出てきた謎《なぞ》の女性である。

曰《いわ》く彼女もまた、押尾颯太《おしおそうた》と佐藤《さとう》こはるの破局を望む者らしいが……

確かに小彼さんの言う通り、以前までのSSFならば、あんな怪しさしかない人物の提案なんて聞く耳すら持たなかったはずだ。

でもリーダーの仁賀君は意外にも彼女の提案を受けた。その真意はぼくも気になっていたところだ。

仁賀君はふっと、キザっぽく笑って言った。

「信用する必要なんて、はなからないさ」

「……ど、どういう意味よ?」

「彼女が何を企んでいようが、こちらはただ利用するだけだからだよ、悪だくみにかけてボクの右に出る者はいないからね」

「お、おぉっ……！　さすがね……！」

「……言ってることはカッコいいけど、やろうとしてることは最低だからね」

「さあ早く着替えようじゃないか！　今日こそは押尾颯太に鉄槌《てっつい》を！」

「ええ！　必ずや塩対応の佐藤さんを取り戻しましょう！」

無視だよ……

溜息《ためいき》を一つ。時々、この会にいると自分が何をしているのか分からなくなる。分からないまま、いつか馬に蹴《け》られて死ぬ気がする。今日にでも。

「絶対、上手《うま》くいかないと思うけどなぁ……」

自然と口からそんな言葉が漏れる。

すると二人は目を丸くして、こちらへ振り返り……

「何を他人事みたいに言っているんだい唐花洋一《からはなよういち》？」

「そ、そうよ、トップバッターはあなたなのに」

「…………は？」

初め、二人の言っていることが理解できなかった。

言葉の意味を呑《の》み込めずに固まっていると、二人はぼくの肩へ同時にぽんと手を置いて、一言。

「これは名誉なことだ」

「逃がさないわよ」

「ヒッ……」

……こうしてぼくの最悪な一日が始まった。

二枚目　三輪アニマルランド

♥ 佐藤《さとう》こはる

——一刻も早く、押尾《おしお》君から主導権を取り返さなければいけない。

受付のお姉さんからチケットを購入し、ゲートをくぐって、園内へ足を踏み入れるまでの間、私の頭の中にはそれしかなかった。

押尾君から借りたぬくぬく手袋の感触を確かめながら、隣を歩く押尾君の横顔をちらりと盗み見る。

「へ～、写真で見るよりずっと立派な動物園だね、他のお客さんは全然いない……っていうかほぼ皆無だけど、ゆっくり動物が見られそうでいいねえ」

「……」

くっ……こういうの「顔がいい」って言うんだっけ……

いや、押尾君の顔はいつもいいんだけど、なんというか今日はその大人びたファッションのせいで、五割増しでいい……

「わっ見て佐藤さん、オオワシだって、檻《おり》がボロボロだ。あんな大きな鳥が逃げたらって思うとちょっと怖いね、はは……」

その整った横顔はいつまでも見ていられそうな気がするし、なんならすぐにでも写真に収めたいところだけど……違う、違うんだ……

今日私が見る予定だったのは、あくまで顔を真っ赤にした押尾《おしお》君が、たじたじあわあわするところであって……

「おーーい、佐藤《さとう》さ〜ん？」

「……あっ、えっ!?　なにっ!?」

はっと我に返る。

いったい何度呼びかけられたのだろう。押尾君が私の顔を覗《のぞ》き込んで、目の前でひらひらと手を振っていた。

ま、マズイ！　完全に上の空だった！

「ぼーっとしてたけど……具合でも悪いの？　どこかで休もうか？　それとも今日はもうやめとく？」

やめとく!?　いや、いやいやいやいや！　それだけは駄目だ！

なんのために、ここへデートに誘ったのか分からなくなってしまう！

「ちっ、違うの！　最初はどの動物から見ようかな〜って考えこんじゃってただけで……元気！　全然元気だから！」

「そうなの……？　ならいいけど……」

咄嗟《とっさ》にしてもひどい言い訳だったけれど、押尾君はそれ以上は追及してはこなかった。

ダメだダメだ！

こんな調子じゃ押尾君から主導権を取り返すことなんて……そうだ！

「――押尾君っ！　これからどういう風に動物園を回るか決めよっか!?」

「どういう風に回るか？」

「うん！　こういうのは効率が命だからね！」

って書いてあった！　ネットに！

そしてこれは私が押尾君から主導権を奪い返す絶好の機会と見た！

デートコース……つまりは私が今日一日のプランを決めることで、デートの流れをコントロールする！　そうすれば押尾君を照れさせるチャンスだって作り出せるはず！

我ながら怖いぐらいの妙案だ。

私は自身満々に受付のお姉さんからもらったマップを広げる。

「えーと、私たちが今いるのはこのへんだから……一番近いのはツキノワグマの檻《おり》だって！　クマ！　いいよね～もふもふしてて大きくて！　じゃあここ行こう！」

「ツキノワグマ……うん、いいよね」

「そして次に近いのは小動物の森！　ウサギとのふれあいコーナーもあるらしいよ！　それか

らそれから猿山に行って、鳥を見て……！」

「ふんふん……」

いける！　私は今、主導権を握ってる！　この調子なら……！

そう確信した、矢先のことだ。

「――それなら先に猿山へ行った方がいいね」

「えっ？」

予期していなかった押尾《おしお》君からの提言に、私は素《す》っ頓狂《とんきょう》な声をあげてしまう。

「え、ど、どうして？　猿山、ここからだとちょっと距離離れてるよ？　それとも押尾君そんなに好きなの？　猿……」

「ああいや、そういうことじゃなくて……11時から猿の餌《えさ》やりがあるんだよ。フルーツを両手で持って食べる猿が可愛《かわい》いんだってさ」

「……へ？」

「あとツキノワグマみたいな大型動物は昼間日の高い時間だと木陰で眠ってることが多いらしいからね。今行っても、寝てるかも」

「…………へっ？？？」

「それにそっちのルートは上り坂になってるから、園内を左回りにぐるーっと回って、夕方ごろにツキノワグマの檻《おり》、それから退場っていうのがスムーズかも」

……今、何が起こっているのか理解できない。

三輪《みつわ》アニマルランドへやってくるのは、私はもちろん、押尾君も初めてだと聞いていた。

しかし、

「お昼休憩のことも考えると……小動物の森のあとにここの休憩所で何か食べようか。たい焼きが有名らしいよ……」

押尾君は今、実際に、とても手際よく今日一日のデートプランを立て始めている。

その洗練されたプランには、私も言葉を失うばかりだ。

「……あっ、ごめんつい喋《しゃべ》りすぎちゃった。早く回りたいよね？　コース、俺に任せてもらっても大丈夫？」

「ぜっ、全然っ！　……けど押尾君、く、詳しいね……？」

こちらの動揺が悟られないよう、恐る恐る尋ねてみる。

すると押尾君はなんだか照れ臭そうに頰《ほお》を掻《か》いて……

「はは……佐藤《さとう》さんとの初めての動物園デートだと思ったら、つい張り切りすぎちゃってさ……俺が佐藤さんのことエスコートしたくて、ちょっと色々調べてみたんだ」

「……！」

全身に駆け抜ける、雷に打たれたような衝撃。

なっ……なにその手慣れ感!?

そしてなに!?　それを補ってあまりあるその可愛《かわい》さは!?

あまりにも驚きすぎて「今こそが絶好のシャッターチャンス」と気付くまで、しばらくかかった。

……いや、多分気付いてても撮れなかっただろうな。

だって今の私は──じわじわと打ち寄せてくる羞恥《しゅうち》の波を、足の裏に感じていたから。

やらかした。

押尾《おしお》君は事前にこれだけ細かく下調べをして綿密にデートプランを練ってくれたというのに、私は一切の下準備をしてこなかった。

じゃあ何を考えていたのかというと、押尾君の照れ顔を撮影することばかり！

せっかくのデートなのに！　せっかくの押尾君との初動物園デートなのに！

恥ずかしい！　というか情けない！　申し訳ない！　うわあああ……！

「……佐藤《さとう》さん？」

「ななななんでもないよっ！　うん！　押尾君にお任せするねっ!!」

内心の動揺を悟られないよう、すぐに答える。

しかし答えるのが早すぎて若干食い気味になってしまった。また失敗。

ま、まずいまずいまずいっ！

今日の私、まだ何もできてない！

「……？　そっか、じゃあとりあえず猿山の方へ行こうか」

「うん、そうだね……」

微笑《ほほえ》みかけてくる押尾君とは裏腹に、私の中には、小さな、黒い感情が湧《わ》き上がってきていた。

……なんか今日の押尾君、ちょっとイケメンすぎない？

そりゃあもちろん、そんな押尾君もカッコイイし、私のために色々準備をしてくれたのは嬉《うれ》しいけれど、違う……今日の私は押尾君の照れ顔を写真へ収めにきたんだ……

ハンバーグを食べにきたら、パンケーキを出された気分……（？）

それなのに、私ばっかりこんな……不公平だ！

「この道にイチョウ並木があってね、黄葉が綺麗《きれい》らしいよ」

「へぇ……」

押尾君の話に相槌《あいづち》を打ちながら、私はある一点を見つめていた。

それは押尾君の……白くて、細くて、でもしっかり男の人のソレと分かる、骨ばった左手。

これから何が起きるかも分からず、隙《すき》だらけに揺れる、左手だ。

「ほらもうだいぶ葉が色づいてる。秋だねぇ」

押尾君がしみじみ言う隣で、私は気付かれないよう、ゆっくりと押尾君から借りた手袋を外す。

それはもう、熟練の暗殺者のように……（見たことないけど）

「にしてもここ落ち葉がすごいね！　やっぱり四方が木に囲まれてるからかなぁ、道が完全に落ち葉で埋まってるから気をつけて歩かないとね」

「そうだね……」

私は堪《こら》えきれなくなって、思わずにやりと口角を歪《ゆが》めた。

気をつけるべきは私じゃない……押尾《おしお》君だ！

「じゃあ押尾君にリードしてもらっちゃおうかな――！」

今こそ好機！　と私は押尾君の左手を、剝《む》き出《だ》しの右手で――握りしめた！

「えっ――？」

押尾君が虚を衝《つ》かれたように、目を丸くする。

――決まった！

さっきは押尾君に手を握られて、うっかりパニックになってしまったが……今度は私から仕掛けた！

手袋も外した！　タイミングも完璧《かんぺき》だ！

さあリンゴみたく赤面して、しどろもどろのテレテレに――！

そう、思ったのだが……

「えっ？」

間の抜けた声をあげたのは、私だった。

そりゃ、こんな声もあげたくなるよ。

だって押尾君は、赤面どころか一言も発さず、私の手を——握り返してきたのだ。

しかもただ握り返しただけではない。

指を絡めて、お互いの指が嚙《か》み合うように。

いわゆる〝恋人つなぎ〟というヤツを——

「どっ——」

ちなみにこれも私の声。

私の手に何が起こっているのか分かった瞬間、沸騰しそうなほどに体温が上昇し、頭の中が真っ白に、そして全身がぞわりと粟立《あわだ》つ。

む……ムリムリムリムリムリムリムリムリっ!?

これはダメ!!　ホント————にダメっ!!

咄嗟《とっさ》に手を払いのけてしまいそうになったけれど、幸か不幸か——指に力が入らない!!

指先がじんじんして、まるで自分の手じゃないみたいだ!

「おっ、おしおくっ……!?」

喉《のど》の奥から、なんとかかすれた声を絞り出す。

顔が熱い。たぶん、リンゴみたいく赤面している。

でもどうしようもない。というか頭が回らない！

そんな私に対して、押尾《おしお》君はけろっとした顔で、悪戯《いたずら》っぽく微笑《ほほえ》み——待っ、ムリムリムリムリっ！　今なんか言われたら、もう——！

「——手、繋《つな》いでほしいならそう言えばいいのに」

「あっ——」

……こうして、私こと佐藤《さとう》こはるは完全に機能を停止。

猿山に到着するまでの間、無言で俯《うつむ》き、押尾君にエスコートされるだけの置物になったのであった。

また負けた。

どうでもいいけど、手汗を引っ込めるツボとか、ないのだろうか。

♣　三園蓮《みそのれん》

「ふっふっふ、こはるちゃんはこちらの予想通りに動いてくれるから楽しいねえ」

オオワシの檻《おり》。その陰から向こうの様子を窺《うかが》う姉ちゃんが、心底愉快そうにつぶやいた。

……どうでもいいけど、後ろ姿が完全に悪役のソレだ。

「甘い、甘すぎるよこはるちゃん！　ソータ君はすでに三輪《みつわ》アニマルランドの地図を、夢に出るぐらいまで暗記してるのさ！　生半可なことじゃ主導権は取り返せないよ！」

続いて麻世《まよ》さん。

「手詰まりになったこはるちゃんが半ばヤケクソ気味に押尾君の手を握ろうとするのも想定内ね」

「こはるちゃんのやりそうなことは全部手に取るように分かるんだなーっ！　そしてそれはぜ～～んぶ事前にソータ君の頭の中に叩《たた》き込んでおいた！　予測できる攻撃は威力も半減だよ～～！」

「そう、こはるちゃんは颯太《そうた》君一人と戦っているつもりかもしれないけれど……」

「実際は恋愛スペシャリストな私ら二人と戦ってるんだな～～～！　わはははははは」

「最低だよこのコンビ……」

俺はけたたけた笑うアパレルＪＤコンビの邪悪な後ろ姿を眺めながら、ぽつりと呟《つぶや》いた。

この二人、完全にスポーツ観戦の気分できてやがる。

そりゃまぁ、颯太がうまくいっているのは喜ばしいことだけどさ……

「さすがにただ眺めたいってだけで金まで払うかねえ……あーあ、こんなことなら家でI《アイ》TUBE《チューブ》観《み》てたらよかったよ、なあ円花《まどか》」

同じく、付き合わされ仲間の円花へ同意を求める。

……返事がない。

「ん？　円花《まどか》？」

振り返ってみる。……円花の姿が見えない。

まさか……一人で抜け駆けして帰ったのか!?

さすがに俺一人であの邪悪女子大生コンビの相手はできないぞ!?

俺は慌ててあたりを見回す。

すると……よかった。円花は少し離れた場所に突っ立って、熱心に何かを見つめている。

「はぁ……焦った、一人で帰ったかと思ったぞ……」

「……ああ、悪いな」

「……？　何見てんだよ」

俺は円花の視線を追ってみる。

円花の見つめる先には……小さな売店。それも特に、その視線はチュロスに注がれている。

ちなみにチュロスっていうのはあの……小麦粉を棒状に揚げて砂糖をまぶした、要するに棒状のドーナツみたいなやつだ。

そういえばこういう場所以外ではあんまり見ないよな。緑川《みどりかわ》で暮らす円花には珍しいのだろうか。

「……ほしいのか？」

「ばっ……いらねえよ！　初めて見るからちょっと気になっただけだろ!?」

そんな大声出さなくてもいいだろ……

「気になるんなら買えばいいじゃん」

「……そんな金ねえよ、バイト代、ほとんど家に入れちまったから……」

「そういえばそうだっけな」

円花の家は……はっきり言ってさほど裕福ではない。

それに円花には妹がいる。

円花は——信じがたい、妙な責任感で——妹を大学へ行かせるのが自分の使命と考えている節があり、バイト代のほとんどを家に入れているのだそうだ。

……昔から、変なところで真面目なのだ。

「しょうがねえな」

俺は一つ溜息《ためいき》を吐《つ》いて、財布を取り出す。

そして屋台の奥で暇そうにしている初老の男に「これ一つ」と短く伝えた。

少し遅れて、円花がぎょっと目を丸くする。

「おっ、おい蓮《れん》っ!?　やめろよそーいうのっ！　アタシがそーいうの嫌いなの知って……」

「なに言ってるか分からん、これは俺のだ」

「あっ、そ、そうなのか……?」

「小腹空いたんだよ」

なんだか肩透かしを食らったような円花《まどか》に見つめられたまま、俺は代金と引き換えに店員からチュロスを受け取る。

そして一口だけかじって、

「あとやる」

と言い、円花へ残りのチュロスを押し付ける。円花は当然のごとく困惑していた。

「えっ、これ……？」

「もういらん」

「一口しか食ってないだろ!?」

「胸やけした」

「胸やけって……」

「やる」

余計なことを言われる前に、半ば無理やり押し付けた。

円花はいつもの調子が嘘《うそ》のように、おずおずとこれを受け取ると……

「……ありがとな」

円花の方は見ずに、小さく「ああ」と頷《うなず》いた。

「……麻世《まよ》ぉ、なんかこっちにもイチャついてんのがいるんだけど～」

「あら～」

無視、無視……

●五十嵐澪《いがらしみお》

「あ～あ、見てらんないよホント、こはる、もう完全に翻弄されちゃってんじゃん」

物陰からひょっこり顔を出したわさびが、チュロスをかじりながら言った。

……恋愛観察はしないって言ってたのに。

まぁ、結局それに付き合っている私も私だが。

ちなみに今のわさびは……一体どうしてそんな必要があるのか、両手に一本ずつチュロスを握りしめて、チュロス二刀流の構えだ。

……時々、彼女の人並み外れた食い意地が怖くなる。

「先が思いやられるなぁ、ね、みおみお……あれ？　ひばっちは？」

「向こうで悶《もだ》えてる。私も段々恥ずかしくなってきた。なにあのひどいありさま」

「はぁ～、やっぱ押尾《おしお》君の方が一枚上手だったってことかな」

わさびがしみじみ言いながら、小動物みたくチュロスをかじった。

……しかし彼女は一つ間違っていることがある。

「違うわよ、ひどいありさまなのはこはるよりむしろ押尾君の方」

「えっ？」

……演劇の基本は人間の機微の観察。

だからこそ演劇を齧《かじ》った私には、それが見えてくる。いや、見えてしまうのだ。

「だいぶ無理してるわ、あれは」

押尾颯太《そうた》が遠目から見ても隠し切れないほど、憔悴《しょうすい》しきっていることが……

「……肩に力が入りすぎ、はぁ、何をあんなにリキんでるんだか」

「ふ〜ん、私には全然分からないけどなぁ」

わさびが指についた砂糖をぺろぺろと舐《な》め取りながら、不思議そうに彼らを眺めた。

赤面するこはると、その手を引く押尾君。

押尾君は表面上爽《さわ》やかな笑顔を浮かべているようだけれど……

……いややめよう。これ以上は無用な詮索《せんさく》だ。

「わさび、もう行くわよ」

「え―――っ!?　これからがいいところなのに……」

「プレーリードッグを見に来たんでしょうに、ほらさっさと歩いて」

「うわ―――っ！　ヤダヤダ！」

駄々をこねるわさびの脇《わき》を抱え、無理やりに引きずっていく。

やっぱり、人のデートを盗み見するなんて褒《ほ》められた行為ではないのだ。

「ひばっちも、プレーリードッグ見に行くんでしょ」

チュロスを振り回すわさびをなんとか押さえつけながら、ひばっちへ呼びかける。

……返事がない。まだ悶《もだ》えているのだろうか？　ひばっちもビックリするぐらいピュアだからなぁ。

そう思ってひばっちの方へ目をやると——彼女は、明後日《あさって》の方向を見つめて固まっていた。

「？　どうしたのひばっち」

「……みおみお、アレ、なんだろぉ？」

アレ？

私はひばっちの指す方向を見やる。

そこには——奇妙、としか表現できない一団の姿があった。

「なにアレ……？」

こはると押尾《おしお》君……その二人の後を追う、四人組の男女。

ここからでは距離があるので一人一人の顔まではよく見えないが、明らかにマトモな連中ではない。

「……あれ、ＳＳＦってヤツじゃないの」

私に脇《わき》を抱えられ、人形みたいにだらんとなったわさびがおもむろに呟《つぶや》いた。

「ＳＳＦ？　なによそれ」

「塩対応の・佐藤《さとう》さん・ファンクラブ、略してSSF」

「……馬鹿《ばか》にしてんの？」

「ホントにあるんだも――――ん、私も噂《うわさ》でしか聞いたことないけど」

「へぇえ、こはるちゃんってファンクラブがあるんだぁ、人気者だねぇ」

ひばっちだけ微妙にずれたことを言っていたが、それはともかく。

「そのファンクラブの皆さんが、どうしてこんなところに？」

「そりゃあ……あの二人のデートを邪魔するためじゃない？」

「……まさか！　いくらファンクラブって言ったって、そこまでするわけ……」

「噂によるとこの前の桜華祭《おうかさい》で私たちの舞台を邪魔したあの覆面の連中も、SSFのメンバーらしいよ」

「……!?」

舞台を邪魔した覆面の連中……今でも記憶に新しい。

桜華祭で押尾君を攫《さら》って、劇の最中にわさびを拘束し、そして――私にケガを負わせたヤツら。

結局、ヤツらには逃げられてしまい、その正体も分からずじまいだったが……あれだけのことをしでかす連中だ。

二人の後をつけて、陰からデートを台無しにするぐらいは平然とやってのけるだろう。

もし、アレがそのSSFだとしたら……

「……追いましょう」

「えっ？」

私は力強く宣言し、仮定SSFのあとを追い始めた。

ひばっちとわさびが慌てて私のあとに続く。

「みっ、みおみお、ちょっと待ってよぉ」

「いいの？　二人のデートがどうなろうが興味ないのかと思ってた」

「そりゃ興味なんてないわよ、でも……」

本来、二人のデートなんて知ったことではない。

それでも、これを見過ごすことだけはできない。だって……

「――こはるは、友だちなんだから」

✖ 唐花洋一《からはなよういち》

「……なにあれ？」

ぼく……唐花洋一がトイレでの着替えを済ませ、陰鬱《いんうつ》な気分で外へ出ると、奇妙な集団が視界を通り過ぎていった。

まずはぼくたちのターゲットである佐藤《さとう》さん押尾《おしお》君ペア。

よく見ると、俗に言う「恋人つなぎ」なんかをしていて、思わず
「いいなぁ……」

なんて声が漏れた。

しかしここからが妙だ。

二人のあとを追って四人組の男女。

うち二人の女性は……大学生だろうか？　ひとまわり大人に見える。

更にその四人のあとを追って、三人組の女性。

ここからだとはっきり顔は見えなかったけれど、すぐに彼女らの正体に気付き、戦慄《せんりつ》した。

「演劇部っ……!?」

そう、彼女らは演劇部の女子三人組、五十嵐澪《いがらしみお》・丸山葵《まるやまあおい》・樋端温海《ひばたあつみ》に相違ない。

ぼくは慌てて身を隠した。

「ど、どうしてあの三人がこんなところに……!?」

ちなみにあの三人はとりわけ仲がよいので、揃《そろ》って動物園にいたってなんら不思議ではないが……

しかし今日、この時というタイミングで鉢合わせするのは絶対におかしい！

ぼくたちの計画が露見したのか、それとも別件か……

なんにせよ、あの三人にはぼくたちの面が割れている！　計画は中止すべきだ！

そう思って、別の場所で待機する仁賀《にが》君へ電話をかけてみたのだけど……

『ターゲットが猿山前に到着した。では手筈《てはず》通りにやりたまえよ唐花洋一《からはなよういち》』

「仁賀君待って、さっき演劇部が……！」

『それと作戦中はスマホの電源を切っておく、キミも忘れるなよ』

「だから、演劇部が！」

『健闘を祈る』

「ちょっ」

……切れた。一方的に、喋《しゃべ》るだけ喋って。

ぼくは癇癪《かんしゃく》を起こして、ワシワシと頭を掻《か》きむしる。

「仁賀君、マジで人の話聞かないからなぁっ……！」

とにもかくにも作戦は続行ということらしい。

ここで投げ出せば、ＳＳＦへの裏切り行為とみなされ、次に塩責めに遭わされるのはぼくだ。

「ごめんよ押尾《おしお》君……」

ぼくはバケツ片手に、陰鬱《いんうつ》な気分で猿山前へと向かうしかなかった……

♥　佐藤《さとう》こはる

押尾君の言う通り、きっかり11時。

バケツいっぱいの餌《えさ》を抱えた飼育員さんが、のそのそと猿山に現れる。

するとそれまで岩の上で日向《ひなた》ぼっこをしたり、仲間と毛繕いをしていたりしたニホンザルたちがにわかに沸き立った。

飼育員さんは——なんらかのスポーツと言われても信じてしまいそうなぐらい——綺麗《きれい》なフォームで振りかぶり、バケツの中身を猿山へまき散らす。

猿たちの頭上から降り注ぐ色とりどりのカットフルーツの雨。

押尾君が「おお～」と感嘆の声を漏らした。

「すごいねー、あのバケツ結構な重さありそうなのに、あんな遠くまで飛んでるよ。あっ、見て佐藤さん、あそこの猿あんなに果物抱えてる。欲張りだなぁ、はは……」

まるで子どもみたいに無邪気な反応だ。ぶっちゃけカワイイ。

でも、残念ながら私にはお猿さんたちの食事風景を見る余裕なんかなかった。

何故《なぜ》なら私の目にはもう、押尾君の左手しか映っていなかったのだから……

「……次こそは……」

ぽつりと呟《つぶや》く。

吐き出す息が荒くなっているのが自分でも分かった。

……未《いま》だに右手の指と指の間に、さっきの「恋人つなぎ」の感触が残っている。

次こそは……次こそは私が押尾《おしお》君をドギマギさせる……

二度目の手つなぎ作戦——もはや意地だ。

「私が押尾君を……」

猿山を眺める押尾君の、無防備な左手へゆっくりと手を伸ばした。

あと数センチ、あと数センチで届く……

何がそんなに怖いのかは分からないけれど、私はぎゅっと目を瞑《つむ》ってしまう。

頑張れこはる！　勇気を振り絞れ！

今度こそ、今度こそは私が、私が押尾君を……！

頭の中で何度も唱えながら、暗闇《くらやみ》の中で手さぐりに手を伸ばしていって、そしてとうとう押尾君の手を——摑《つか》んだ！

摑んだ……はずだったのだが。

「……うん？」

あれ？　押尾君の手、なんか小さくなった？

それに硬いし、ふさふさした毛の触感も……

…………押尾君の手じゃない!?

私は咄嗟《とっさ》に目を開いて、

「――ひゃあああっ⁉」

甲高い悲鳴をあげた。

私の悲鳴に振り返った押尾君もまた、ソレを見て悲鳴をあげる。

「えっ⁉　どうしたの佐藤《さとう》さ……うわぁっ⁉」

私と手を繋《つな》いでいたのは、押尾君ではなかった。

茶褐色の毛に全身を覆われた、人間の子どもぐらいの大きさの――ニホンザルだったのだ。

しかも不思議なことに私と手を繋いだ方とは反対の手に、小さな竹箒《たけぼうき》を携えている。

……いや、そんなことよりもまず、なにこの状況⁉

「なっ、なんで檻《おり》の外に猿が⁉」

「ど、どどどどうしよう押尾君っ……⁉」

「佐藤さん動かないで！　よ、よーしよーし、こっちおいでー……」

もう私も押尾君もパニック状態だ。ただお猿さんだけが異様に落ち着き払って、私と手をつないだまま竹箒で地面の落ち葉を掃いている。シュールな光景だった。

あまりの訳の分からなさに、もういっそ泣いてしまいそうになる。

そんな時、背後から
「ははは、驚かれましたか」

なんて声が聞こえてきた。

すると、この声に反応するように、お猿さんが私から手を離して、声の主の下へと二足歩行で駆けて行ったではないか。

た、助かった……

ひとまずはほっと息をつく。も、もう少しで本当に泣いちゃうところだった……

「佐藤《さとう》さん大丈夫……？」

「う、うん……なんとか」

押尾《おしお》君に背中をさすられて、ばくばく鳴る心臓がようやく少し静かになり始めた頃、私はお猿さんの駆けていった方をちらと見やった。

そこには……動物にたとえれば満場一致で「狸《たぬき》」と答えられるような、そんなふくよかなおじさんが佇《たたず》んでいた。

おじさんは丸いお腹を揺らしながら、ははは、と人懐っこい笑顔を浮かべる。

「お二人とも、いいリアクションですねぇ～、ユズも喜んでいますよ」

「ゆ、ユズ……？」

「ウチの猿です。メスなのでユズ、可愛《かわい》いでしょう」

そう言っておじさんは、さっきのニホンザルの頭を撫《な》でた。

……あんまり喜んでいるようには見えず、むしろ退屈そうに見える。

まぁそれはともかく……

「ウチの、ってことは……」

「ああ、自己紹介が遅れました。ワタクシが三輪《みつわ》アニマルランド園長の三輪と申します。本日はご来園いただき、誠にありがとうございます。ご覧の通り小さな動物園ですが、楽しんでいただければなによりでございます」

狸みたいなおじさん、もとい三輪園長さんがキャップを外してぺこりと頭を下げる。

……なんだか妙に芝居がかった人だ。

動物園の園長さんというより、サーカスの団長さんと言われた方がしっくりくる感じ。

「そ、それでユズちゃんはどうして檻《おり》の外に？」

「ウチの名物猿なんですよユズちゃんは。ご存じありませんか？　園内を自由に歩き回る、お掃除猿のユズちゃん」

「すみません、僕たちもここに来たのは初めてなもので……知ってる佐藤さん？」

私はぶんぶんと必要以上にかぶりを振る。

さっきの驚きと、人見知りのダブルパンチでもはや声も出なくなっていた。会話は全て押尾君に頼りっきりだ。

ともあれこの反応を受けて、園長さんは顎《あご》に手を当てると、ううんと低く唸《うな》り出した。

「そうですか……う～ん、やっぱりエスエヌエス？　でバズらないとダメなのかなぁ……今の時代はそうだって聞くよなぁ……ううん」

「あの……？」

「……あ、あぁ失敬失敬！　ところでどうですお二人さん？　せっかくですからユズちゃんの芸を見ていきませんか？」

「芸……？　猿回しみたいなヤツかな？　どうする佐藤《さとう》さん？　見ていく？」

「っ！　っ！」

今度はこくこくと力強く頷《うなず》く。

さっきはいきなりだったからビックリしたけど、冷静になって見てみると、竹箒《たけぼうき》を携え、ベストのようなものを羽織ったユズちゃんは可愛《かわい》らしい。

そんなユズちゃんの芸には純粋に興味がある。そしてそれは押尾《おしお》君も同じだったようだ。

「じゃあ……お願いしてもいいですか？」

「ええ喜んで！　ほらユズちゃん、お掃除！」

園長さんの合図に従って、ユズちゃんが動き出す。

そして私たちの注目を一身に浴びながらユズちゃんは、手に持った竹箒で……

……実に静かに、落ち葉を集め始めた。

「どうです⁉　すごいでしょう！　ニホンザルが竹箒を使って、園内の落ち葉を集めるんですよ！　エスエヌエスで拡散されたらまず間違いなくバズるでしょう⁉」

「……う～ん」

押尾君が今日イチで微妙な顔をしている。

……多分だけど、私も同じような表情になっている。

「いや勿論《もちろん》すごいんですけど、なんというか……芸というには地味ですね」

「そりゃああなた！　地味に決まってますよ！　私がそれはもう熱心に、丁寧な掃き掃除のやり方を教え込んだんですから！　バッサバッサと箒を振り回して土埃《つちぼこり》を舞いあげるような掃除は二流ですよ！」

「言ってることは分かるんですけど……」

……確かに、押尾君の言う通り、多少ぎこちなくてもバッサバッサと箒を振り回していた方がコミカルで可愛げがあったかもしれない。

しかしユズちゃんの箒使いは見事なもので、老年の住職さんを想起させる佇《たたず》まいだ。

立っていた。まるで境内の落ち葉をかく、箒からは「サッ……サッ……」と上品な音が

ただ悲しいかな。そこまで洗練された箒使いは……はっきり言って地味だ。

「ウチの園は見ての通り三方山に囲まれているでしょう？　そこに山風の影響もあって、とにかく落ち葉の量がすごいんです。一日で私の身長を超えるぐらいの落ち葉の山ができるんですよ！」

「……それはさすがに嘘《うそ》でしょう？」

「いえいえこれが本当なんですよ！　落ち葉かきだけでも結構な重労働で、猿の手も借りた

いーってな具合でね。そこでユズちゃんに落ち葉かきを教え込んでみたら、思いのほかうまくいったんですよ！　ユズちゃんはそこらの猿とは比べ物にならないぐらい利口ですからねえ。もちろんお客様に粗相することもありません。なので園内を自由に歩き回って、いろんな所で落ち葉をかいています」

「それも……どうなんでしょうね……？」

「……バズりませんかね？」

「ぼくに訊《き》かれても……しいて言うなら少し地味すぎるような……」

「う―――ん……そう言われましても……あっ、そうだそうだ！　派手なヤツありますよ！ほらほら見てくださいよ！」

「……？」

園長さんが押尾《おしお》君の肩をばんばんと叩《たた》き、自信満々に言う。

私と押尾君がユズちゃんを見ると、ユズちゃんはちょうど集めた落ち葉で小さな山を作っていた。

確かに、落ち葉かきの腕は確かなものだけど、ここからどうするんだろう？

私たちの注目を集めたまま、ユズちゃんは自らの仕事の出来を確かめるように、落ち葉の山をじっと見つめて……

――勢いよく落ち葉の山にダイブした！

「ヒィッ⁉」

あまりにも脈絡がなかったものだから、私と押尾君はびくりと肩を震わせる。

ユズちゃんはといえば、ニコニコ顔の園長に見守られながら、落ち葉の山で半狂乱。身体《からだ》を右へ左へ、とにかくしっちゃかめっちゃかに転げ回って、せっかく集めた落ち葉を周囲へまき散らしている。

突然何かに憑《と》りつかれたかのような野性剝《む》き出《だ》しの動きは、いっそ恐怖すら感じるほどだ！

……そして暴れまわることしばらく。

ユズちゃんはふいに暴れるのをやめ、立ち上がる。

そして何事もなかったかのように、再びサッ……サッ……と落ち葉かきを再開した……

「……いかがですか？」

「――怖いよ！」

園長さんからの問いに、押尾君がたまらず吠《ほ》えた。ちなみに私も全く同意見。こくこくこくと首を縦に振る。

納得いっていない風なのは園長さんだけだ！

「そもそも、なんで落ち葉をばらまくんですか！」

「さあ……？　ストレス解消ですかねえ。積み上げたトランプタワーを一気に崩したい、みたいな……」

「イヤなところで人間味がある……！」

「誰かエスエヌエスで発信力のある方がこれを拡散してくれれば、たちまちバズって、ウチの経営も回復するはずなんですが……」

「自信満々なのに他力本願！　とらぬ狸《たぬき》の皮算用って言うんですよソレ……！」

「バズると思うんですけど」

「バズらないですよ!!」

押尾《おしお》君が吠《ほ》えるけど、園長さんはやっぱり納得いっていない様子だ。

「そうですかね……？　バズってくれないと困るなぁ。今ウチの経営は火の車で、このままだと今年で閉園なんですよねぇ。ユズの受け入れ先も探さないといけないし……」

「お客さんに聞かせていい話なんですかソレ……」

……なんにせよ、世知辛い話だった。

聞いているだけでこっちのテンションまで下がってしまう。

そんな時、園長さんは「ああ、そうだ」と、懐からあるものを取り出してきた。

それは……キーホルダーにしたらちょうどよさそうなサイズ感の、デフォルメされた猿の人形だ。

忍者装束を身に纏《まと》い、口には巻物を咥《くわ》え、額の頭巾《ずきん》には三つの輪っか模様（たぶん三輪《みつわ》アニマルランドのロゴマーク？）が入っている。

……全体的に、デザインが古い。

「それは？」

「忍者ミツ丸くんです。ウチのマスコットなんですが……これが思ったように売れなくて。流行《はや》りのゆるキャラ？　っぽくしてみたんですけどね」

ゆるキャラの流行りはだいぶ前に終わった気がするけど……

「……なんででしょうね」

押尾君が明らかに語尾を濁した。

その一言に込められたいろんな感情が、ひしひしと伝わってくる……！

「今当園でキャンペーンをやっておりまして、この忍者ミツ丸くんをカプセルに入れて園内のどこかに隠してあります。見つけたら差し上げますので、園内を見て回るついでに探してみてください」

「はぁ……」

「ちなみに恋愛成就のご利益があります」

「えっ、それはどうして？」

「私がそう決めたからですよ、ワハハ、他にも家内安全・学業成就・商売繁盛……安産祈願もつけちゃおうかな」

「そうですか……」

なんというか、適当な性格のおじさんなんだな……

「まぁ、そんなわけですので、今日は是非とも三輪《みつわ》アニマルランドをお楽しみください。ほらいくぞユズちゃん。ではごきげんよう」

園長さんは言うだけ言って、お掃除猿のユズちゃんとともに、丸いお腹を揺らしながらその場を去っていった。

「……いやー、すごい人だったね」

「うん……あれ？　なんか忘れてるような……」

「……あっ！　猿の餌《えさ》やり！」

「あっ!?」

私と押尾《おしお》君は同時に声をあげ、猿山へ視線を戻す。

……餌やりタイムはとっくに終わったらしく、猿たちは思い思いに食休みに入っていた。

「ああ～……ちゃんと見たかったのに」

「仕方ないよ、じゃあ次行こっか佐藤《さとう》さん」

「う、うん……」

園長さんとユズちゃんにすっかりペースを乱されてしまった。結局押尾君と手を繋《つな》ぐこともできなかったし……

でも次は、次こそは押尾君を照れさせる――！　なんて考えていた時のことだ。

「……ん？」

こちらへ向かって駆けてくる、動物園の飼育員さんらしき男性の姿を見つけた。

なにやらひどく急いでいる様子で、手に持ったバケツの中で水がちゃぷちゃぷ揺れている。見ていて危なっかしい。

押尾君もそれに気付いたらしく、振り返った——その瞬間。

「——ああっ！」

私たちの目の前で飼育員さんが派手に転んだ。

そうなると、必然的にバケツの水は私たちへと降りかかるわけで——

「佐藤さん危ないっ!?」

しかし咄嗟《とっさ》に私の前へ飛び出した押尾君が、その水を一身で受け止めた。

ばしゃんっ！　と音がして、勢いよく飛んできたバケツ一杯分の水が、押尾君の上半身をずぶぬれにしてしまう。

「おっ……おおおお押尾君っ!?　大丈夫っ!?」

押尾君の前髪からぴたぴたと水が滴る。大人っぽいコートも水を吸ってぐっしょりだ。無事なのはボトムスぐらいで、どう見ても大丈夫ではない。

でも押尾君は——自分がびしょ濡《ぬ》れなことなんて気付いてすらいないように——すぐさま、転んだ飼育員さんの下へと駆け寄った。

「大丈夫ですか!?　派手に転びましたけど……」

「ご、ごめんなさいっ！　ごめんなさいごめんなさ……へっ？」

飼育員さんは自分が咎《とが》められると思っていたのだろう。

むしろ一番に自分の身が心配されたことに驚いているらしい。

「えっ、いやっ、ぼくは大丈夫だけど……」

「ああよかった……」

押尾《おしお》君がほっと息をつく。

そこにはなんの嘘《うそ》もない。ただただ飼育員さんの無事に安堵《あんど》しているように見えた。

これには飼育員さんもぎょっとする。

「いっ、いやいやいやいやいや！　ぼくより押っ……お客様の方が、大変なことになってるじゃないですか！　弁償！　弁償しますので!!」

「はは、いいですよ別に、ただの水でしょう？　すぐに乾きますよ」

「……っ!?」

怒鳴られると思っていたのだろう、悪態を吐《つ》かれると思っていたのだろう。

でもそれらの予想とは反して、押尾君は爽《さわ》やかにはにかみながら冗談めかしてそう言った。

……そう、押尾君っていうのはこういう人なんだ。

「そっ、そんな……！」

「……あれ？　というか……唐花《からはな》君？」

「っ!?」

押尾君が飼育員さんの顔を覗《のぞ》き込みながら、何かに気付いたように言った。

知り合いなのだろうか……？

「な、なんでぼくのことを……」

「そりゃ知ってるよ！　同じ学年じゃん！　別クラスだけど……唐花君は動物園でバイトしてるの？」

「あ、ぐ、ぅ……っ！」

飼育員さん……もとい唐花君？　はなんだか苦しそうに呻《うめ》いて、きょろきょろと視線を泳がせると……ポケットからいきなり財布を取り出す。

更にその中に入っていたお札をあるだけ抜き取ると、それを押尾君へ半ば無理やり押し付けてきた。

「——ご、ごめん押尾君!!　少ないけどこれっ!!」

「えっ!?　い、いやだから大丈夫だって!?　それにこんなに受け取れなっ……」

「ごめんね押尾君———っ!!」

そして押尾君がお金を突き返すより早く、逃げるようにどこかへ走り去っていってしまった。空になったバケツをガラガラと揺らしながら……

「行っちゃった……」

再びぽつんと取り残される私たち二人。

妙な沈黙があり、私が我に返ったのは、それからしばらく経《た》ってからのことだ。

「……あっ！　押尾《おしお》君！　服が！」

私は慌てて押尾君の下へ駆け寄る。しかし何もできずにあわあわとするだけだ。

「ああっ、どうしようどうしよう……！　私タオルとか持ってきてなくて……」

「大丈夫だよ佐藤《さとう》さん、ほっとけば乾くから……」

「風邪ひいちゃうよっ!?　すぐ着替えないと！」

濡《ぬ》れた身体《からだ》に冷たい秋風、このまま放っておくのだけは絶対にダメだ。

どうしよう、どうしよう……！

私が慌てていると、押尾君は相変わらずの爽《さわ》やか顔で……

「じゃあ、売店で着替えの服買ってくるよ。たぶん、お土産のTシャツぐらいは売ってると思うから」

「あっ、た、確かに！　じゃあ私もついて……」

「ああいや、悪いけど佐藤さん、ちょっと待っててもらってもいいかな？　俺一人で行ってくるから」

「えっ？　どうして……」

突然、押尾君から突き放されたような気持ちになり、全身から一気に血の気が引く。

でも、これに対して押尾君は少し恥じらうように頰《ほお》をかきながら……

「……ほら、着替えるから」

「あっ!? そ、そっか！　そうだよね！　ま、待ってるから！　ゆっくり選んできて！」

――これは恥ずかしい！　変な早とちりをしてしまった！

と、ともかく……

「じゃあ、すぐに戻ってくるよ」

押尾君は最後にそう言い残して、小走りでその場を後にした。

今度は、私が一人きりで取り残される。

他にお客さんもほとんどいない園内の片隅で、秋風に吹かれていると、自然と溜息《ためいき》が出た。

「……私、押尾君のカノジョなのに、なにも……」

✖　唐花洋一《からはなよういち》

「――三輪《みつわ》アニマルランドの売店に売っている服は、ことごとくダサい。これはすでに我々が調査済みだ」

「いかに押尾颯太《そうた》がきれいめカジュアルで大人っぽく決めようが、こうなってしまった以上、土産物のクソダサトップスに着替えざるを得ない」

「これからヤツがどれだけモテ男ムーブをしようが、クソダサトップスが全て帳消しにする」

「押尾颯太《おしおそうた》のような雰囲気イケメンには壊滅的な打撃となったろう」

「……というわけで、よくやったな唐花洋一《からはなよういち》」

「――全然うれしくないよ!!」

とてつもない罪悪感からその場にうずくまっていたところ、ぼくと同じようにツナギを着て飼育員に変装した仁賀《にが》君からぽんと肩を叩《たた》かれ、思わず声を荒らげてしまった。

ううっ……！　叫ぶと胃がキリキリする……っ！

続けて、エプロン姿の小彼《おがの》さんがぽんと肩を叩いてくる。

「げ、現金を渡したのはなかなかいい判断だったわ……これで押尾颯太が売店へ向かう確率がぐんと上がったわけだし、唐花、なかなか機転を利かせたわね……」

「純粋に！　罪悪感がヤバいから渡したんだよっ！」

ああああ、もう二度とやりたくないよあんなこと……！

自分がずぶぬれにされても文句ひとつ言わず、ぼくの身を一番に案じ、あまつさえ地味オブ地味なぼくの名前まで覚えてくれているような聖人に、ぼくはなんてことを……！

「唐花洋一、どうしてボクたちがキミを嫌がらせの一番手に選んだか、知ってるかい？」

「えっ……？」

「──あなたがそういうことを言い出すだろうと分かり切っていたからよ、もうあなたの手は汚れたわ、逃げられないわよ」

「あああああああっ！　お母さんごめんなさい！」

慟哭《どうこく》した。ぼくはもうお天道様の下を歩けない！

「さて、須藤《すどう》京香《きようか》への連絡も終わったぞ。次は小彼郁実《いくみ》クン、行けるかい？」

「え、ええ……任せなさい、私が押尾颯太にとって最悪の一日にしてあげる……！」

懺悔《ざんげ》を始めたぼくの隣では、二人が素知らぬ顔をして次の嫌がらせの計画を立てている。

チクショウ……！　ＳＳＦなんてさっさとなくなってしまえばいいのに!!

……そんな願いが神様に届いたのだろうか。

「──すみません、ちょっとお尋ねしたいことがあるんですけど」

ふいに、後ろから声がかかった。

お客さんだろうか？

今の自分たちは三輪《みつわ》アニマルランドの従業員の変装をしているので、客から声をかけられることも想定の内ではあったが……。

「このへんで、カップルのあとをつけ回す不審な男女グループを見ませんでしたか？」

振り返って声の主を認めると同時に──全身からさっと血の気が引いた。

い……五十嵐澪《いがらしみお》!!　そしてその後ろには丸山葵《まるやまあおい》と樋端温海《ひばたあつみ》まで！

よりにもよって最悪のタイミングで演劇部メンバーに見つかってしまった！

「……」

ぼくと仁賀《にが》君、そして小彼《おがの》さんが瞬時にアイコンタクトを交わす。

（どうして演劇部の連中がここに⁉）

（それよりも、カップルのあとをつけ回す不審な男女グループって……）

（も、もしかして私たちのこと……？）

（ボクたちの作戦が演劇部に露見しているってことか⁉）

（……というかなんだ唐花洋一《からはなよういち》その反応は！）

（まさか演劇部が来ていることを知っていたのか⁉）

（なんで報告しなかったのよっ！）

（ぼくはちゃんと伝えようとしたし！）

アイコンタクトによる迅速な情報交換。ぼくたちの間に戦慄《せんりつ》が走る。

しかし……腐ってもリーダーだ。仁賀君は一切取り乱さず、キャップを目深にかぶって、いつもよりずっと低くした声でこう答えた。

「いえ……私どもは今さっき出勤したばかりですから、残念ながらそういったものは見ておりません。よろしければ私どもの方からセンターへ伝えておきますが……」

「……そうですか」

「どうしよぉ……？　お願いするぅ？」

「う〜ん、さすがに大人の人たちまで巻き込むのはちょっとなあ……ねえ、みおみお？」

う、うまい！　さすが仁賀君だ！

こちらからわざと事態を大事にするための提案をして、相手に二の足を踏ませた！

樋端温海《ひばたあつみ》と丸山葵《まるやまあおい》はぼくたちが従業員だと信じ切っているようだし、これなら……！

「……あんたたち、本当にここの従業員？」

「えっ」

五十嵐澪《いがらしみお》がぼくたちをじっと睨《にら》みつけてくる。

ま、まずい……なんでか知らないが、疑われている……？

「は、はは……どういう意味ですか」

さすがの仁賀君も、動揺を隠しきれていない。

しかし、ぼくたちは言葉を交わさずとも、彼女の眼《め》を見て確信しかけていた。

……違う、五十嵐澪は疑っているのではない、これは……

「わさび、ひばっち……」

――完全に、気付いている！

「――こいつらニセモノよ!!」

「逃げろ!!」

五十嵐澪《いがらしみお》が叫んだのと、ぼくたち三人が脱兎《だつと》のごとく逃げ出したのはほぼ同時のことだった。

「唐花《からはな》っ！　なんでバレたのよっ!?」

「ぼくに言われても知らないよっ!!」

「くそっ！　さすがは演劇部部長だ！　鋭い！」

「追いかけてきてるわよ!?」

「もうヤダ～～っ!!」

「くっ……五十嵐澪は確か元陸上部のエース……！　全員が捕まると計画は失敗だ！　ここはひとまず別れるぞ！　誰が捕まっても絶対に口を割るなよ！　散開！」

仁賀《にが》君の号令に従って、ぼく、仁賀君、小彼《おがの》さんは散り散りになって逃げる。

こ、これでなんとか撒《ま》けたか!?

ぼくが後ろを振り返ると……

「待ちなさいよ!!」

演劇部三人が、全員ぼくの後を追いかけてきていた！

「なんでだよ～～っ!!」

◆須藤凛香《すどうりんか》

「ふむふむなるほどなるほど……」

……お姉ちゃんが隣でスマホの画面を覗《のぞ》きながら、なにやら何度も頷《うなず》いている。

さっきからずっとこう。

動物よりも、スマホを見ている時間の方が長い気がする。

あたしは別にいいけど、これじゃあ動物じゃなくてスマホを見に来たようなものだ。

いや、あたしは別にいいけど、勿体《もったい》なくない？

マヌルネコ、カワイイのに……いや、あたしは別にいいけどさ……

「……また仕事の連絡？」

「ん――？　まぁ、そんな感じかな」

「編集さんって日曜日も仕事してるの？」

「してるしてる……そんなことよりさ！　凛香ちゃん！　売店行かない⁉」

「はぁっ？」

あまりに脈絡がなさすぎるものだから、思わず声が出てしまった。

「なんでこのタイミングで売店？　お土産は帰りに買えばいいじゃん」

「あ――、え――と……そう！　次は売店の資料が欲しくなっちゃって！　ほらマンガに描くからね、ウフフ」

「……それどうしても今じゃなきゃダメ？」

「ダメ！　むしろ今じゃないとダメ！」

「じゃあ一人で行けば？　あたしはもうちょっとここに残るから。マヌルネコ、カワイイし

……」

「ヤダヤダヤダ！　凛香《りんか》ちゃんも一緒じゃないとヤダ！　寂しいから！」

「う、うっとうしい……！　行かないってば！　大体……」

「──売店に、マヌルネコのグッズがあるんだって」

「行きます」

あたしも大概チョロい。

三枚目 攻城戦

♠ 押尾《おしお》颯太《そうた》

マズイ。

マズイマズイマズイマズイマズイ。

——マズイ!

「頼む〜〜……っ! 雫《しずく》さん電話に出てくれ〜〜……っ!」

俺はスマホのコール音を聞きながら、土産物のTシャツやらパーカやらへ激しく視線を行き来させる。

三輪《みつわ》アニマルランド内の売店にて、俺は——過去最高に混乱していた。

佐藤《さとう》さんのアタックと、観覧車さえ回避すればなんとかなると思っていたのに、思わぬ伏兵が現れた!

ここまでは全て順調だったのに、まさかここにきてあんなアクシデントが起こるとは……!

繰り返される単調なコール音がよけいに俺を焦らせる。

一回、二回、三回……出たっ!!

『もしもしソータ君!?　こちら雫《しずく》!』

「雫さん!　緊急事態です!　服が!!　色々あったんで説明を省きますが服がダメになりました!!」

『で、ソータ君は今何してるの!?』

「えっ?」

あれ?　開口一番に怒鳴られるか事情を尋ねられると思っていたのに、思ったよりスムーズだな……

いや、そんなことはこの際どうでもいい!

「い、今は売店で着替えを探してます!　でも土産物はどれも、その……」

語尾を濁す。ファッションに疎《うと》い俺が言うのもなんだが、土産物のトップスは――あの園長のセンスだろうか――どれも致命的にダサい!

そして焦りも手伝って、今ではもう右手に持っている、

「忍者ミツ丸くんパーカ」

と、壁に立てかけてある、

「ポップな字体ででかでかと三輪《みつわ》アニマルランドと書かれてあるトレーナー」

の、どっちがマシなのかも分からなくなっている状況だ!

ああ、佐藤《さとう》さんを待たせているのに……!

『パーカ！　今、押尾《おしお》君が持ってるパーカの方がまだいくらかマシ！』

「た、助かります！　……って、うん？」

雫さんのアドバイスはまさしく地獄に仏だったが、同時に違和感。

「……雫さん？」

『なによソータ君！　早く戻らないと、このあとの綿密に練られたデートプランが……』

「……どうして電話越しで俺の見ている服のデザインが分かるんです？」

『えっ……』

電話口からどきりという擬音が聞こえてくるほど、雫さんの声が明らかにこわばった。

『えっ、あ――……ナチュラルボーンアパレル店員の勘？　ってやつ？　と、とにかく早く買わないと！』

「え、ええ……」

イマイチ釈然としないものはあるが、とにかく今は雫さんの言う通り、一刻も早く佐藤さんの元へ戻ることが先決だ。

俺が雫さんとの電話を繋《つな》いだまま、パーカを手に、レジへ向かおうとしたところ……

「……押尾さん？」

いきなり名前を呼びかけられた。

聞き覚えのある声、反射的に振り返ると――焦るあまり気付かなかった――頭に可愛《かわい》らしい猫耳のカチューシャをつけ、隣の棚を物色する女子の姿がある。

その女子というのが……

「……凛香《りんか》ちゃん？」

須藤《すどう》凛香。

言わずと知れた、佐藤《さとう》さんの従姉妹《いとこ》の姿が、そこにはあった。

『り、凛香ちゃん!?　うわぁっ――』

バキッ！

突然、電話の向こうからそんな音が聞こえてきて、雫《しずく》さんの通話が切れてしまった。

なんだ？　スマホでも落としたのだろうか……？

いや、それよりも、

「どうしたの凛香ちゃんこんなところに……？」

「え、いえっ！　わっ、私はお姉ちゃんと一緒に来てて、でもお姉ちゃんはなんか仕事の電話があるとかで今どこかに行ってて……決してっ！　私が押尾《おしお》さんの後をつけてるとかっ！　そういうわけじゃっ……！」

「だ、大丈夫だよ!?　そんなこと思ってないから！」

「それより押尾さんどうしたんですかっ!?　ずぶぬれじゃないですかっ！」

「あ、ああ、うん……」

凛香ちゃんが驚くのも無理はない。

服を選ぶうちに少しばかり乾いたとはいえ、秋風の冷たいこの季節に、髪の毛までしっとり濡《ぬ》れている。正直、結構身体《からだ》が冷えてきた……

「だ、大丈夫だよ。今ちょうど着替えを選び終わったところで、あとはタオルを買うだけだから……」

「着替えはともかく、タオルなら私が持ってます！」

「え？　そ、そんな悪いよ……！」

「押尾さんが風邪ひく方がぜんぜん悪いです！　ほら、まずはお会計に！」

……結局、俺は凛香ちゃんに言われるがままパーカを購入し、売店を後にした……

◆　須藤凛香

押尾さんをパーカに着替えさせたあとのこと。

あたしたちはひとまず、売店前のベンチへと移動した。まずは押尾さんの髪を少しでも乾かすのが先決だと思ったのだ。

あたしが普段部活で使っているタオルで、押尾さんが遠慮がちに頭の水滴を拭《ふ》き取っている。あたしはベンチの隣に座って、その様子を横目にちらちらと窺《うかが》っている。

……どういう状況だろう。

どうでもいいけどタオルから変な臭《にお》いとかしないよね？　いい匂《にお》いの柔軟剤ちゃんと使ってるから、大丈夫だよね？

押尾《おしお》さんの隣に座って、そんなことばかり考えている自分のいじらしさが、ちょっとだけ恥ずかしくなった。

沈黙が気まずかったのか、押尾さんが頭の水滴を拭《ぬぐ》いながら言う。

「……なんか凛香《りんか》ちゃんには、よく会うよね」

「そっ……そうですね」

「それに毎回情けないところを見られてる気がする。はは、やだな、凛香ちゃんの前ではカッコいいお兄さんでいたかったんだけど……はは……」

……それはたぶん、あたしを笑わせるための冗談のつもりなのだろう。

でも、そんなセリフでもなんだか少し嬉《うれ》しくなってしまうのだから、あたしはどうしようもないぐらいこの人のことが好きなのだ。

「ところでさっき、お姉さんと一緒に来てるって言ってたよね？」

「ええ、今は姿を消してますけど」

「お姉さん……確か須藤《すどう》京香《きようか》さんだよね。前に一度、凛香ちゃんの家に遊びにいった時、挨《あい》拶《さつ》させてもらったっけ」

「……っ！」

ＭＩＮＥ《マイン》の誤送信、あたしの部屋にいる押尾さん、少女マンガ、壁ドン……いろんな記憶が、まるで昨日のことのように鮮明にフラッシュバックして、あたしは思わず悲鳴をあげたくなってしまう。

もっと言うと、ここでようやく、さっきの売店で買った「マヌルネコ耳カチューシャ」をつけっぱなしだったことに気付き、慌てて外した。今にも顔から火が出そうだ。

「お、押尾さんはどうして動物園に？」

ごまかすように、押尾さんへ別の質問を投げかけた。

会話を途切れさせず自然に繋《つな》げたところだけは自分を褒《ほ》めてあげたいけれど、でも……

「——デートだよ、佐藤《さとう》さんと」

「……そうですよね」

……質問の答えなんて初めから分かり切っていたのに、改めて押尾さんの口から聞くとずきりと胸が痛んだ。そんな自分の単純さに嫌気がさす。

そうこうしているうちに、押尾さんがあらかた髪を拭《ふ》き終えたらしい。

「ありがとう凛香ちゃん、本当に助かったよ、タオル、洗って返すから」

「……気にしなくていいです」

「そういうわけにもいかないから、じゃあ俺もう行くよ」

押尾《おしお》さんがベンチから立ち上がり、歩き出す。

こはるの下へ、向かうために……

「——押尾さん、寝てないでしょう」

自分でもびっくりするぐらい自然に言葉が出ていた。

押尾さんがこちらへ振り返る。あたしは彼の目をまっすぐに見つめて、続けた。

「おおかた今日のデートプランを練るために根を詰め過ぎましたね、疲れが顔に出てますよ」

「……バレちゃうんだ、凛香《りんか》ちゃんはすごいね」

押尾さんが困ったような、恥ずかしがるような、そんな弱々しい笑顔を浮かべる。

……分かるに決まっている。

だって、あたしは押尾さんのことを、ずっと……

「……気をつけてくださいね。デートの途中で倒れたりしたらことですよ」

「うん、色々とありがとうね、凛香ちゃん」

それだけ言い残して、押尾さんは小走りで去って行ってしまった。

一人ベンチに取り残されるあたし。

ほどなくして、狙《ねら》いすましたようなタイミングでお姉ちゃん——須藤京香《すどうきようか》が現れた。

憎たらしいことに、へらへらと笑いながら……

「あ～ごめんね凛香ちゃん～、編集さんから急に電話かかってきちゃってさ～～、もー参ったよう」

「……知ってて連れてきたでしょ」

「え？」

「知ってて連れてきたでしょ！」

「いったぁっっ!?」

バカ姉貴の太ももに、渾身《こんしん》のキックを入れてやった。

お姉ちゃんがわざとらしく痛がるさまを見ていると、さっきまで頑張って堪《こら》えていた感情が一気に爆発した。

「り、凛香ちゃんっ……？」

「そんな気遣いいらない！　ホント……来なきゃ良かった！　ありえない！　最低！」

あたしは踵《きびす》を返して、肩を怒らせながらずんずん歩く。

「ちょっ!?　凛香ちゃんどこに……！」

「帰るの！　バスでもなんでも待って帰るから！　お姉ちゃんもあとから勝手に帰ってくればいいじゃん！」

「ちょ、ちょっとちょっとちょっと！」

呼び止める声も無視して、大股《おおまた》に歩く。

せっかく少し……ほんの少しだけれど楽しめていたのに！　今じゃあもう、視界に映るもの全てが憎らしく見える！

象もキリンも猿も鳥も、ダサいマスコットキャラのイラストも！

ともかく、こんなところには一秒だっていたくない！

なのに……

「――また逃げるの!?」

……そんな言葉があたしの足を縫い付けた。

あたしは振り返って、お姉ちゃんをきっと睨《にら》みつける。

……お姉ちゃんはもう、笑ってはいなかった。今までに見たことがないぐらい真剣な表情でまっすぐにあたしを見据えている。

「……逃げるってなに？　お姉ちゃんが嘘《うそ》吐《つ》いてあたしのことを連れてきただけでしょ!?」

あたしはお姉ちゃんに怒気をぶつける。でも、お姉ちゃんが存外あっさりと、

「うん、そう、アタシは凛香《りんか》ちゃんを騙《だま》して連れてきたよ」

なんて認めるものだから、あたしはかえってたじろいでしまった。

「……でもさ、逆に聞きたいんだけど、アタシが凛香ちゃんに『今度押尾《おしお》君が動物園に行くらしいんだけど、ちょっかいかけにいこうよ』って正直に話したら、来た？」

「……っ！　行くわけないでしょ!?」

「どうして？」

「押尾さんが、こはるとデートしてるからに決まってるでしょ!?　それを邪魔するなんてできるわけが……」

「――じゃあ凛香ちゃん、別に押尾君のこと好きじゃないんだ？」

「っ!?」

あたしが……押尾さんのことを好きじゃない……？

「な、なによそれ……！」

「だって本当に好きなら邪魔するもんね？　何がなんでも奪おうとするよね？　恋愛ってそういうもんだと思うけど」

「……だって、そんなの……許されるわけっ……」

「誰が誰を許すの？　許されたら、いつか押尾君と付き合えるの？」

「……っ」

「結局、自分が傷つくのが怖いんでしょ？　押尾君と付き合えるかもしれない可能性を天秤《てんびん》にかけて、最終的に自分可愛《かわい》さが勝っちゃう程度の、ぬるい恋なんでしょ？」

「そ、そんなことは……！」

「――そんな中途半端な好意を向けられる押尾君が一番可哀想《かわいそう》だよ」

「～～～っ!!」

あたしは勢いよく身を翻し、つかつかとお姉ちゃんへ詰め寄る。

そして——

「ふんっ！」

「いったぁっっ⁉」

バカ姉貴の太ももに、二発目のキックを入れてやった。

さすがのお姉ちゃんもこれにはこたえたらしく、涙目になりながら抗議してくる。

「ちょっ……凛香《りんか》ぢゃん……！　同じところっ、二回もっ……！」

でも、そんなのは無視して、あたしは力強く宣言した。

「……上等じゃん」

あたしが押尾《おしお》さんのことを好きじゃないだって？

分かってない。あたしのお姉ちゃんのくせに、全然あたしのことが分かっていない。

あたしは誰よりも、誰よりも誰よりも誰よりも押尾さんのことを想ってきた。

その想いを侮辱するのは、たとえ実の姉だって許せない！

「——そこまで言うならあたしの本気具合見せてやるから覚悟しておいてよ！　あたしが一番、押尾さんのこと好きだもん！」

自分は今、とんでもなく恥ずかしい啖呵《たんか》を切っているような気がしたけれど、そこはそれ。

須藤《すどう》凛香は、諦《あきら》めないのだ。

♣ 三園蓮《みそのれん》

颯太《そうた》が派手にスッ転んだ飼育員からバケツの水を浴びせかけられてからは……大変だった。

売店へ向かった颯太の後を、皆で走って追いかける羽目になるし、姉ちゃんは露骨に機嫌が悪くなるし……

ちなみに今はイチョウ並木の陰に隠れて、売店の中でダサトップスと悪戦苦闘する颯太を観察している状況だ。

「くっそ〜〜……なんなのよさっきの飼育員……！　私と麻世《まよ》がガチで選んであげた女子ウケ抜群の私服を〜〜……！」

「まぁ過ぎたことはしょうがないじゃない」

「ウウゥ〜〜っ……！」

麻世さんが優しい声でなだめても、怒り心頭の姉ちゃんにはまるで効果なしだ。しまいには犬みたいな唸《うな》り声まで上げ始めた。

「……あっ、ソータ君から電話かかってきた!!　もしもしソータ君!?　こちら雫《しずく》！　うん、うん……で、ソータ君は今何してるの……!?」

どうやら、颯太は姉ちゃんに直接電話で助けを求めることにしたらしい。

……確かに、あのクソダサトップスの中からせめて見られるものを選ぶだけでも、颯太にとっては至難の業だろう。姉ちゃんに頼ったのはまぁ正しい判断と言える。

ただ……

「パーカ！　今、押尾君《おしおくん》が持ってるパーカの方がまだいくらかマシ！」

……貴重な休日を潰《つぶ》して、なにやってんだろうな、俺たちは……

なんだかひどくむなしくなってきた。

いっそのこと円花《まどか》を連れて、俺たちだけでもこっそり帰ってしまおうか？

そんなことを考えて、円花の様子を窺《うかが》ったのだが……

「……円花、まだソレ食ってたのかよ？」

驚いて思わず声に出てしまった。

さっき俺のくれてやったチュロスを、円花が未《いま》だにちびちびと齧《かじ》っていたためだ。まるでリスか何かのように、小さな口で。

指摘されて恥ずかしくなったらしい、円花は口を尖《とが》らせる。

「い、いーじゃねえか別に、美味《うま》いからちょっとずつ食ってんだよ」

「そんないいもんでもねえぞ」

というか熱いうちがうまいのに、もうとっくに冷めただろ。

そう思ったのだが、円花はやはり恥ずかしそうに、小さな口をもごつかせながら答えた。

「……レンになんか奢《おご》ってもらうの、初めてだったから」

「……そうかよ」

思わず目を逸《そ》らしてしまった。

円花《まどか》は……天然なのかなんなのか、時折こういうことを言う。

どうにも円花の顔が直視できず、視線の置き場を探していると……向こうから走ってくる人影が見えた。

「……なんだあれ？」

灰色のツナギを着た飼育員が……こっちへ向かってくる。それも凄《すご》い速さで。

あれは……何かから逃げているのか？　まるで捕まったら殺されると言わんばかりの必死の形相だ。

……つーかよく見たらあの男、さっき颯太《そうた》に水をぶっかけたヤツじゃないか？

どんどんこちらに近付いてくるが……

「……ねえあれ凛香《りんか》ちゃんじゃない？」

俺が飼育員に注意を奪われていると、おもむろに麻世《まよ》さんが言った。

見ると……こちらもどういう状況だ？

パーカ片手にレジへ向かおうとした颯太の前に、須藤《すどう》凛香が現れた。

「り、凛香ちゃん!?」

異常事態に姉ちゃんが声を張り上げる。

――そして、それは起こった。

「ひぃいいいいいいっ！」

「うわぁっ!?」

俺が目を離した一瞬で――飼育員の男が悲鳴をあげながら、こちらへ突っ込んできたのだ。

麻世さんは驚いて「きゃっ」と悲鳴をあげ、姉ちゃんは尻餅《しりもち》をつき、スマホを取り落としてしまう。

それでも飼育員の男はスピードを殺さず、まっすぐにこちらへ……

「円花、あぶねえっ！」

「ひゃあっ!?」

全速力で突っ込んでくる男から、俺は咄嗟《とっさ》に円花を庇《かば》った。

間一髪、男との激突は回避。男は俺たちのすぐそばを風のように走り去って、その背中はあっという間に小さくなってしまった。

あ、っぶねえ……

「なんだアレ……おい、円花大丈夫か？」

「……チュロスが……」

「あ？」

円花が柄にもなく弱々しい声で呟《つぶや》いた。

何かと思って視線を下げると……どうやらさっきの拍子に取り落としてしまったらしい。

地面に落ちた食べかけのチュロスが、鳩《はと》につつかれていた。

「初めて奢《おご》ってもらった……チュロスが……」

「ああ……落としたのか、まぁそんなに高いもんでもねえし、それよりも怪我《けが》とかは……」

そこまで言いかけて、俺は口を噤《つぐ》んでしまった。

何故《なぜ》なら、円花《まどか》はわなわなと肩を震わせ、近くにいるだけでも分かるぐらいの怒気を全身から発散していたためだ。

……いや、これはもはや殺気と呼んで差し支えない。

まさか……

「お、おい円花！　抑え──」

「──クッソ!!　あの野郎!!　殺す!!」

「うぉい！！？」

俺の制止も振り切って、円花が凄《すさ》まじいスタートダッシュを切った。

狙《ねら》いは当然、あの飼育員だ。

「おい円花待て！　チュロスぐらいまた買ってやるから！　オイっ！」

もはや俺の声も届いていないらしい。チュロス一本（しかも食いかけ）で円花が修羅になってしまった！

しかも怒りでなんらかのリミッターでも外れているのか、円花は凄まじい駿足《しゅんそく》で、見る見るうちにその背中が小さくなっていく。

マズイ！　このまま放っておいては、本当にあの飼育員を殺しかねない！

「く……くそっ！」

仕方なく、俺は円花の後を追いかけた。

● 五十嵐澪《いがらしみお》

三方向へ別れたSSFメンバーのうち一人、飼育員に扮《ふん》したいかにも気弱そうな男が売店の方向へ逃げていくのが見える。逃がすわけにはいかない。

「──あっちに逃げたわ！」

私があとに続くわさびとひばっちへ呼びかける。

「絶対にこはるちゃんのデートは邪魔させないよぉ！」

「ちょっ……ヒィ、ま、待って……！　じぬっ……」

ひばっちはおっとりした見た目に反して、恵まれたフィジカルからくる底なしの体力があるので、元陸上部の私にも問題なくついてこられている。

一方で見た目通り体力のないわさびは、ヒィヒィ言いながら、今にも倒れ込みそうな走りでなんとかこちらへついてこられているような状態だ。

「だらしないわねわさび！　もっと気合い入れて走りなさいよ！」

「ヒィ……っ、私は……インドア派のっ……正統派オタクなんだよぉぉぉっ……！」

「足止めるなっ！　無駄口叩《たた》く暇あったらもっと足動かせっ！」

「体育会系こわいよぉぉぉぉ……もうお腹空いたよぉぉぉっ……!!」

わさびが泣きごとを言いながらもがむしゃらに足を回して、私たちのあとについてくる。

よし……！　このペースなら追いつける！

そう確信した、次の瞬間。

「――うわぁっ!?」

「きゃっ」

「円花《まどか》、あぶねえっ！」

「ひゃあっ!?」

前方からいくつかの悲鳴があがる。

いけない！　わさびに気をとられていて前を見ていなかった！

見ると――どうやら逃げる男が、他のお客さんたちの一団へ突っ込んだらしい。

ある女性は驚いてスマホを落とし、またある女性は突進してくる男を避けようとして、そのはずみで食べ物を落としてしまった。

「——クッソ!!　あの野郎!!　殺す!!」

食べ物を落とした女性は怒り心頭、あふれ出る殺気を隠そうともせず、逃げる男の背中を追う。

「おい円花待て！　チュロスぐらいまた買ってやるから！　オイっ！」

もう一人のガラの悪い男もその後に続く、ヤンキーのカップルだろうか？

それにしてもSSFのヤツ……！　桜華祭《おうかさい》に引き続き、どれだけ他人に迷惑をかければ気が済むの!?

本当は今すぐにでも逃げた男をふんじばってやりたいのだけれど、まずは残った二人の女性の安否を確認する方が優先だ！

「大丈夫ですか!?」

私たちはいったん追跡の足を止め、彼女らに駆け寄った。

一人は……いかにも余裕ある大人のお姉さん。こちらは見たところなんの被害もない。

しかしもう一人の地面に這《は》いつくばった彼女は……悲惨だ。

「私が……バイト代を貯めて買った……最新スマートフォン……買ったばっかりで……まだヒビの一つも入ってなかった……ピカピカのスマートフォンが……」

地面に叩きつけられ、ピカピカから一転バキバキになってしまったスマートフォン……彼女はソレを見下ろして、すっかり打ちひしがれた様子であった。

悲壮感たっぷりの背中に、私も思わずうっと呻《うめ》いてしまう。

だ、誰だか知らないけど、気の毒な……

「あの……大丈夫ですか……？」

「──大丈夫なわけあるかぁっ!?」

私が声をかけると、女性が勢いよく面《おもて》をあげ、吠《ほ》えた。

……鬼の形相だった。もう少ししたら血の涙さえ流し出しそうな勢いだ。

彼女は、私たち三人をぐるりと睨《にら》みつけて……

「ちょっとアンタたち！　これっ！　どう責任とるのよ!?」

「えっ!?」

思わぬ飛び火に、私たち三人は揃《そろ》って声をあげた。

「わ、私たちのせいなのぉ……!?」

「アンタらが年甲斐《としがい》もなく鬼ごっこなんかしてるせいでしょぉっ!?」

「お、鬼ごっこって……！」

彼女の一言にカチンとくる。

確かに、あの男を追いかけた私たちにもいくらかの責任はあるのかもしれない。けれど、それにしたって一度は身を案じた相手になんて言い草だ！

「こっちにも事情があるんです！　スマホについてならあとでちゃんと謝りますから、もう行きますね!?」

「ヤーダーね！　ここは通さないよ！　スマホの修理代出してくれたら考えてあげる！」

「はぁっ!?　なんで私たちがっ……！」

「ハァッ……ハァ……！　そ、そりゃ……いくらなんでも、横暴、だよっ……！」

「ちょっと雫《しずく》！　大人げないわよ!?」

「麻世《まよ》は黙ってて！　どうしても通りたかったら力ずくで通りな！　私が相手だ！」

「――上等じゃないの！　誰だか知らないけどさすがにここまで言われて黙ってられるか！　勝負よ！」

「ええ～……？　なんでぇ……？」

私とスマホバキバキ女が火花を散らし、麻世と呼ばれたお姉さんとひばっちが揃って困り顔を作る。

そんな奇妙な空間の外で、わさびは……

「おええ……」

地面に膝《ひざ》をついて、えずいていた。

♠ 押尾颯太《おしおそうた》

……やはり連日の無理な特訓が祟《たた》ったのだろうか。

少し走っただけで息が切れて、心臓が痛くなる。

しかし、これ以上佐藤《さとう》さんを待たせるわけにはいかない。

その一心で、猿山前まで全力で駆け戻って……

「佐藤さん！」

佐藤さんは律儀にも俺と別れた時と全く同じ場所に立って、スマホをいじっていた。

「……押尾《おしお》君？」

佐藤さんがスマホをいじる手を止めて、こちらを見る。

――よかった、怒ってはいないらしい。

それが分かった途端、安堵《あんど》と疲労感が同時に押し寄せてくる。

俺は両手を膝《ひざ》について、ぜえぜえと荒く息を吐いた。

「ご、ごめん……待たせちゃって……！」

息も絶え絶えになりながら、なんとか謝罪の意思を伝える。

……返事がない。

あれ!?　やっぱり待たせたことを怒っている!?

不安になって面《おもて》を上げると、佐藤さんは……

「……ううん、全然待ってないよ」

俺を見下ろして、いかにも意地悪そうににまにまと笑っていた。

——悪寒。

この流れはまさか……

「……押尾君、ずいぶんと可愛《かわい》いパーカを選んだんだねえ」

「っ……!?」

きたっ……!!

ここまで一方的に攻められっぱなしだった佐藤さんだ。案の定、これ幸いとばかりに俺の弱点を攻めてきた！

忍者ミツ丸くんパーカを……！

「あ、あはははっ、が、頑張って探したんだけど、これしかなくって！　だ、ダサいよね!?　あはははは……」

穴があったら入りたくなるような絶大な羞恥《しゅうち》に見舞われながらも、俺はなんとか笑ってごまかす。

……しかし皆さんご存じの通り。こういう場面で冗談めかして誤魔化《ごまか》そうとするのは、むしろ悪手であり……

佐藤さんは、更ににま——っと口角をあげた。

「ううん！　そんなことないよ、ただ押尾君が着るとなんでも可愛く見えるなぁと思って……」

「カワっ……!!」

逆襲。佐藤《さとう》こはるの逆襲が始まってしまった。

俺はかあっと顔が熱くなるのを感じ、咄嗟《とっさ》に目を伏せる。

しかし攻めに転じた佐藤さんがこの絶好の機会を見逃すわけもない。上半身を折りたたんで、下から赤くなった俺の顔を覗《のぞ》き込んでくる。

「どうしたの押尾《おしお》君?」

「くっ……!」

は、恥ずかしい!!

まず間違いなくこの手のイジリはあるものと思っていたが、想定の何倍も恥ずかしい!

それはもう佐藤さんの顔が直視できなくなるほどに!!

「ねえねえ押尾君? こっち見てよ?」

佐藤さんも佐藤さんで、こっちが反撃できないものだから分かりやすく調子に乗っている!

「い、いやっ、今はちょっと……」

「ん~~~? どうしたの押尾君? 顔が赤いように見えるんだけど……」

「は……走ったからかな……」

「ふ~~~ん? そういえば私たちまだ自撮りしてないね、私、押尾君と一緒に写真が撮りたいなぁ……」

お、追い打ち!!

ともすれば憎らしくなるほどのウザ絡みなのに、悔しいことに可愛《かわい》い!!

惚《ほ》れた弱みとはまさにこのことを言うのだろうか……どちらにしてもピンチだ！

「ね、写真撮ろ？　ミンスタに載せるやつ、撮ろ？　写真……」

「っ……！」

佐藤さんは佐藤さんでそんな俺の反応を面白がり、わざとらしく何度も耳元で囁《ささや》いてくる。

ヤバい……！　今までの佐藤さんのアタックは、全て雫《しずく》さんと麻世《まよ》さんによりあらかじめ予測されていたものであった。だからこそ事前に対策することができたわけだが……

今回の件は完全に突発的なアクシデント！　要するに対策なしだ！

せっかく前半で佐藤さんをリードできたと思ったのに、このままだとまたいつものように、佐藤さんに主導権を握られてしまう！

そうなれば最後、俺は……佐藤さんと観覧車に乗り、醜態を晒《さら》す羽目に……！

「ねえねえ押尾君ってばー……」

だ、誰でもいいから助けてくれぇっ……！

神様仏様ご先祖様……とにかく祈れるものには全て、手あたり次第に祈る。祈る。祈る。

すると――奇跡が起きた。

「――ひいいいいいいいいっ！　今度はヤンキーが追いかけてきたあああああっ……」

突如、視界の外から誰かの悲鳴。

「へっ」「えっ？」

俺と佐藤《さとう》さんは、同時に悲鳴の聞こえてきた方を見やる。

するとツナギを着た飼育員の男性——というか唐花《からはな》君——が必死の形相で駆けてきて、俺たちのすぐそばを韋駄天《いだてん》のごとく駆け抜けていったではないか。

「ええ……？」

「なに今の……？」

あまりにも不可解な光景に、俺は先ほどまでの恥ずかしさを、佐藤さんは俺をからかうことを忘れ、ぽかんと立ち呆《ほう》ける。

一体、なんだったんだ……？

そう思って首を傾《かし》げていると——まただ。

今度は二人組の男女が、すごい速さでこちらへ駆けてきた。

「チクショウ！　どこいきやがったアイツ!?　ぜっっってー——ヤキ入れてやるっ！」

「ま、待てって円花《まどか》！　くっそ……運動部でもねえのになんでこんなに足はえーんだよっ……！　脇腹《わきばら》いてえっ……」

……二人組の男女っていうか、思いっきり面識のある二人だった。

「……円花ちゃんと蓮君《れん》？」

「!?　お、オイ！　円花止まれっ！」

「あぁ!?　なんだよ……って!?」

佐藤さんがぽつりと呟《つぶや》いたのと、彼らが俺たちの存在に気付いて急ブレーキをかけたのはほとんど同時のことだった。

「二人とも、どうしてこんなところに……」

蓮と円花ちゃんはあからさまに「マズイ」という顔になり——俺はここで、なんとなく状況を察する。

……なるほど、やけに知り合いにばかり会う日だと思っていたら、そういうことだったのか。

「……二人はどうしてここに？」

ただ、佐藤さんは未《いま》だこのカラクリには気付いていないらしく、純粋に不思議そうに尋ねた。二人の肩がびくりと跳ねる。

円花ちゃんに至っては……普段嘘《うそ》を吐《つ》き慣れていないせいであろう。目が泳ぎまくっていた。

「え、え——っと、だな……その、アタシたちは、なんつーか……！　そう！　いきなり動物が見たくなって……」

「緑川《みどりかわ》からわざわざ……？」

「そっ、そういうことに、なるなあ……」

さすがに円花ちゃんの嘘が下手すぎる。いくら鈍感な佐藤さんでも不審がっている様子だ。

このままでは佐藤《さとう》さんもまた俺と同じ「ある事実」に気付くだろう。

円花《まどか》ちゃんの頬《ほお》を一筋の汗が伝う……そんな時。

──おもむろに、蓮《れん》が円花ちゃんの肩を抱いた。

「へっ？」

蓮の突拍子もない行動に円花ちゃんが目を丸くする。佐藤さんも同様に。

一方蓮は涼しい顔で……

「──ああ、佐藤さんには言ってなかったっけ？　付き合ってんだよ、俺と円花」

「えっ」これは佐藤さん、面食らったような顔で。

「はい？」これは俺、目を見張って。

「……はっ？」そして最後、一番驚いていたのが、円花ちゃんであった。

それからしばらく、水を打ったような静けさがあり……


「はあっ⁉」


円花ちゃんが地球の裏側まで届きそうなぐらい大きな声をあげた。

それも構わず、蓮はなんでもないことのように続ける。

「つーわけで見ての通りデートだよ、二人きりで」

「すっ……すご────い‼」

佐藤さんが目を輝かせて、パチパチと拍手を送った。蓮の言葉を完全に信じ切っている。

れ、蓮……真実を隠し通すためにそこまで……？

そしてさっきから顔を真っ赤にした円花ちゃんが蓮の横腹へどすどすと肘《ひじ》を入れまくってい
るけれど、表情一つ変わらないのは我慢しているだけなのか……？　なんて精神力だ……

「いっ、いつからいつからっ!?　円花ちゃんはどうして私に教えてくれなかったの!?」

「たぶん、ぐっ、恥ずかしがってんだろ」

「え――――っ！　そんな水臭いなぁ！　恋バナまでした仲なのに……でもそうなんだぁ、
二人がまたくっついてホントに良かったぁ……！」

「ぐっ、ごふっ」

「円花ちゃん、陰であんなに頑張ってたからねえ、なんか自分のことみたいに嬉《うれ》しいよ……

うんうん」

「うぐっ、がっ……」

「……ところで、どうして円花ちゃんは、さっきから無言で蓮君の脇《わき》を小突いてるの？」

「は、恥ずかしがってんだろぐぅっ!?」

小突くどころではない。円花ちゃん渾身《こんしん》のボディブローが蓮のみぞおちにめり込んでいた。

円花ちゃんはもう、恥ずかしさのあまりに頭から湯気が出そうな勢いだし……このままだ
と蓮が殺される。

「さ、佐藤《さとう》さん!?　向こうのデート邪魔しちゃ悪いし、俺たちもそろそろ行こっか!?」

「え――!?　でもほら、ダブルデート？　っていうのがあるって聞くし……」

「あれは上級者向けだから！　行こう!?　れ、蓮《れん》と円花《まどか》ちゃんもじゃあな！　楽しんで！」

「お、おお……じゃあな」

もはや強靱《きようじん》な意志力だけで立ち続けた蓮と、威嚇《いかく》するみたく「ふーっふーっ」と唸《うな》る円花ちゃんに別れを告げる。……蓮は本物の漢《おとこ》だ。

「ダブルデート、興味あったんだけどなぁ……」

唯一状況を理解していない佐藤さんが、本気で残念がっていたけれど……

……ところで、今の蓮と円花ちゃんの登場で確信したことがある。

おかしいと思ったんだ。こんな寂れた動物園で、立て続けに知り合いに出くわすなんて。

今思えば、さっきの売店での雫《しずく》さんの電話もそう。

まるでこちらのことが見えていると言わんばかりの的確な指示……実際にどこからか俺たちのデートを監視していると考えるのが自然だろう。

たぶん……雫さんのアイデアだな。そういう性格の悪そうなことをやりそうなのは、彼女だ。

――でもまぁ、だからといって俺のやることに変わりはない。誰に見られていようが、俺のやるべきことは一つ。

今回のデートで！　俺が！　佐藤さんを！　リードする！

「佐藤さん、次どこいこっか？」

むしろ二人の登場でいい具合に仕切り直すことができた。

俺は蓮に感謝しながら、何度も練習した笑顔を作り、佐藤さんに問いかける。

「あ、うん、えっとねえ……」

「特に希望がないようなら、俺が決めるけど」

「う～ん、そうだねえ……」

佐藤さんの視線がゆっくりと移動して、あるところでぴたりと止まった。

見ると、彼女の視線の先には――動物園中央の大階段を上った先にある、観覧車が……

「しいて言うなら、観覧車……」

――ヤバい。

「――佐藤さんお腹すかないっ!?」

俺は佐藤さんの口にしかけた不吉すぎる単語を断ち切り、無理やり自らの言葉をかぶせる。

あまりにも強引な展開だったものだから、佐藤さんもたじろいだ様子だったが……

「えっ？　あ……ああー、空いているか空いていないかでいえば空いてる、かも……？」

「じゃ、じゃあ……あっほらっ！　あそこのたい焼き食べない!?」

俺が助けを求めるようにあたりを見渡すと――まさしく渡りに船！　木々に囲まれた小さな休憩スペースがあり、そこにたい焼きの屋台が出ている！

しかも重畳《ちょうじょう》！　この屋台は事前からデートプランに組み込んでいた場所だ！

「たい焼き……？」

「そっ、そう！　あそこのたい焼き結構有名らしいよ！　なんでもちゃんと天然モノなんだって！」

「たい焼きに、天然……？」

佐藤《さとう》さんが可愛《かわい》らしく小首を傾《かし》げる。

よし！　かかった！

俺は何度も読み返して暗記した、天然たい焼きに関する鉄板うんちくを語り出す。

「ええと、天然たい焼きっていうのはいわゆる一丁焼き……丁寧に一尾ずつ焼いたたい焼きのことを言うんだよ」

「……？　どういうこと？」

「ピンとこないかな。ほら、普通たい焼きって大きな焼型に生地を流し込んで、一気に何尾も焼くでしょう？　あれを養殖モノっていうの」

「……あっ！　それは見たことある！」

「それに対して一丁焼きっていうのは、専用の焼型を使って一尾ずつ丁寧に焼く方法のこと。こうすると尻尾《しっぽ》まで餡子《あんこ》がたっぷり詰まった、絶妙な焼き加減の天然モノができあがるんだ」

「へ――――っ！　そうなんだ!?」

佐藤さんの丸くて大きな目が、キラキラと輝き始める。

よし、思った通り、佐藤さんはスイーツには目がない。どうやらしっかりと「大観覧車」が「天然たい焼き」で上書きされたようだ。

今の佐藤さんときたら、目がたい焼きの形になりそうなぐらいの興味の惹《ひ》かれようである。

「……というわけなんだけど、お腹空いた？」

「空いたっ！　行こう押尾《おしお》君っ！　早く早く！」

佐藤さんは元気いっぱい答えると、ぱたぱたと走って行って、逆に店先から俺を手招きしている。

あ、危ない……結果オーライだ……

俺は安堵《あんど》の溜息《ためいき》をひとつ吐き出すと、佐藤さんと一緒に屋台の前に並んだ。

天然モノのたい焼きは、養殖モノと違って焼き上がるまでに時間がかかる。つまり、俺はしばらくの猶予を得たということだ。

この間に、なんとか体勢を立て直さないと……

そんな風なことを考えながら、奥の店員さんに注文をする。

「すみません、たい焼き二つもらえますか？」

「た、たい焼き二つですね、かしこまりました、４６０円になります……」

若い女性の店員さんがつっかえながら注文を受け、金額を提示する。

佐藤《さとう》さんは奢《おご》られるのを嫌うから「ここはとりあえず俺が出すね」と一言だけ添えて、俺は自分の財布から千円札を取り出し、店員さんに渡す。

……ふとあることに気付いた。

「あれっ？　小彼《おがの》さん？」

「どうえっ!?」

俺がたい焼き屋の店員さん——もとい小彼郁実《いくみ》さんの名前を呼ぶと、彼女はそのままひっくり返るんじゃないかってぐらいに仰天してみせた。

そ、そんなに驚かなくても……

「どっ、どど、どうして私の名前を……!?」

「ははっ、今日、それと全く同じことを別の人にも言われたなあ。俺、2のAの押尾颯太《おしおそうた》だよ。知らないかな？」

「あ……あぁ～～押尾颯太……く、くん……き、気付かなかった……よく分かったわね……私みたいな根暗女……喋《しゃべ》ったこともないのに……」

「ははは、なにそれ。ちゃんと憶《おぼ》えてるよ、学年一緒なんだから」

小彼さん、初めて喋ったけど冗談とか言うタイプなんだ。やっぱり見た目の印象だけで決めつけちゃダメだなあ。

なんてことを考えていたら、隣の佐藤さんがすごい目でこちらを見つめているのに気付いた。

「ん？　どうしたの佐藤さん？」

「……前から思ってたんだけど、押尾君ってもしかして同学年みんなの名前覚えてるの……？」

「？　うん、たぶんね。やっぱり一緒に高校生活を過ごす仲間なわけだし」

「ほぇ～～～……」

俺が何気なく答えると、佐藤さんはよく分からない声を漏らした。

なんだろう？　驚きと尊敬の混じったような、そんな視線を向けられてる気がする。

「す、すごいなぁ……私も頑張らなきゃ、よし」

佐藤さんはそう言ってぐっと拳《こぶし》を握りしめると、小彼さんの前に一歩歩み出た。小彼さんが「ヒィっ⁉」と悲鳴をあげ、またも必要以上に驚く。

しかし、驚いていたのは俺も同じだった。

「――私、２のＡの佐藤こはるです」

……そして同時に嬉《うれ》しくもあった。

だって……

「小彼さん……だよね？　私、すごい人見知りなんだけど……でも――」

佐藤さんはもうとっくに、俺の助けなんかなくても、自分からコミュニケーションをとれるようになって……

「だっ、ダメですこはる様っ！　私めなんぞと言葉を交わしては穢《けが》れてしまいますっ⁉」

「お友だちに……えっ？」

「えっ？」

……こはる様？

俺も佐藤《さとう》さんも、間の抜けた声をあげる。

なんか今、妙なセリフが聞こえたような……？

「げ、げふっげふっ!! な、なんでもないわっ！ お席で少々お待ちくださいっ！」

「は、はい……？」

なんだか釈然としないものを感じながらも、俺と佐藤さんは屋台の前にあるテーブルにつくことにした。

≠ 小彼郁実《おがのいくみ》

……危なかった。

私、小彼郁実は、こはる様とあのにっくき押尾颯太《おしおそうた》が席についたのち、はぁぁ……と深い溜息《ためいき》を吐き出す。

……心臓が未《いま》だにバクバクいっている。

まさかこはる様に話しかけられるなんて……危うくボロを出すところだった。

彼女にだけは気付かれてはいけない。私がSSFメンバーであることは。

私なんかが、いつも彼女を見ていることは……


私はひとまず、こはる様の分のたい焼きを作り始める。

熱した焼型へ専用のブラシで油を塗り、生地を流し込む。流した生地はヘラを使って薄く伸ばして、更にここへ餡子《あんこ》を落とす。

あとはある程熱が通ったら、生地を重ね、焼型でプレスする。

我ながら手慣れたものだ。

……こはる様が、私のバイト先——三輪《みつわ》アニマルランド——へ来ると聞いた時、私は内心少し嬉《うれ》しかった。

そう、仁賀《にが》と唐花《からはな》は単なる変装だけれど、私は本当にここのアルバイトなのだ。このエプロンだって、普段から私の使っているものである。

これには、ある種運命的なものまで感じたほどだ。

……まぁ、結局はあの押尾颯太とのデートだったわけだけれど。

私は生地の焼き上がりを待つ間、気付かれないよう、外のテーブル席で待つ二人の様子を窺《うかが》った。

……押尾颯太《おしおそうた》が、こはる様と向かいあって座り、何か談笑している。

腸《はらわた》の煮えくり返りそうな光景だ！

「くっ……押尾颯太めぇぇ……っ！」

本当に、本当に許せないヤツだ！　アイツは！

彼は気付いているのか⁉　自身がどれだけ罪深いことをしているか！

それに気付かない周りのヤツも、あまつさえあんな罪深い行為を応援するヤツも！

馬鹿《ばか》だ馬鹿だ馬鹿だ馬鹿の集まりだ！

塩対応の佐藤《さとう》さんは、私たちを導く希望だ！　光だ！　ジャンヌ・ダルクだ！

誰をも寄せ付けない高嶺《たかね》の花は、誰の手も届かないからこそ咲き誇り、下々の者に希望を与える！

なのにあいつらは、愚かしくも——そんな尊い花を摘み取って、自分たちの花壇へ植え替えようとしているんだ！

自分たちの理解できるものに作り替えようとしている！　自分たちと同じレベルに落とそうとしている！　天然モノを養殖モノへ変えようとしている！

それがどれだけ残酷なことかも理解しようとしないまま！

でも、なにより悔しいのは……

……彼女自身、それを望んでいることが、分かってしまうところだ。

ちらりと壁にかけたリュックを見やる。

私が肌身離さず持ち歩くそのリュック――中にはアルバムが一冊だけ入っている。今まで撮り溜《た》めてきたこはる様の写真を収めた、アルバムが。

私はいつも、ファインダー越しにこはる様を見つめていた。

触れることも、話しかけることもなく、遠くからただその美しい御姿を記録するだけ。

だって私みたいな下々の者が彼女に触れたら、彼女が穢《けが》れてしまう。

つまりあのアルバムは私の、こはる様に対する信仰心の結晶なのである。

……塩対応の佐藤さんは、取り戻さなければならない。

私は使命に燃える目で押尾颯太を睨《にら》みつけた。

――この屋台へやって来たのがアンタの運の尽き。

私がとびきりの奥の手で、必ずや佐藤さんがアンタに幻滅するよう仕組んであげる。

題して「店員にキレる男って最悪だよね」作戦！

人生最悪の一日にしてやるわ押尾颯太！　あははは……！

はは……

……

…………そういえば。

一度も話したことのない男子が、名前覚えててくれてたのって初めてかも……

……

……いや

……別に関係ないけどね……

♠ 押尾《おしお》颯太《そうた》

「……なんか押尾君、変わったね」

向かいの席に座った佐藤《さとう》さんが、おもむろにそんなことを言い出した。

俺はその言葉の意味が理解できず、しばらく固まってしまう。

「変わった……って？」

「なんていうか……すごく大人っぽくなった。今日だって私、押尾君にリードされるばっかりで、なんにもできてない」

「……そんなことないよ」

……そんなことはない。心の中でもう一度繰り返す。

俺が大人になったわけじゃない。

俺なんかよりもずっと早く大人になった皆から、知恵を借りているだけだ。

佐藤さんに嫌われたくない。佐藤さんに飽きられたくない。そして――佐藤さんが好きになってくれた俺を大事にしたい。その一心で。

……ほんの少し卑怯《ひきょう》だな、とは思う。

「はは、佐藤さんはこんな俺イヤかな？」

「そんなことないよ！　すごくカッコいいと思う。……でも、ちょっと物足りないかも」

「物足りない？」

「うん――」

佐藤さんが、俺の手に自らの手を重ねる。

相変わらず細くて白い、今にも壊れてしまいそうなほど繊細な手だ。

突然のことにフリーズしてしまっている俺に向かって、彼女は悪戯《いたずら》っぽくはにかみ……

「――颯太君こそ、カノジョに弱いところ見せるの、いや？」

グッ！！！！

あまりの破壊力に、意識が飛びかける。

なっ……名前呼び!!　ここにきて!!　海水浴ぶりのっ！！！！

なんだかしんみりとしたムードだったから油断していた！

佐藤さんは俺から主導権を奪い取ることを諦《あきら》めたわけじゃない！　むしろ――ここにきて、勝負を決めにきた!!

「い、いやっ……そういうわけじゃっ……」

とんでもなく嬉《うれ》しい状況のはずなのに見えないところでは滝のように冷や汗が流れている。

佐藤《さとう》さんはそれを見透かしているのか、勝ち誇ったような表情で……！

……だっ、ダメだっ!!

俺は佐藤さんに負けるわけにはいかない！

負けるわけにはいかない、理由があるんだ——！

「——い、イヤじゃないよ！　ただ、最近よく思い出してさ！」

「……なにを？」

「佐藤さんと俺が付き合う前のこと！　最近はずっとそればっかり考えてた！」

佐藤さんが不思議そうに小首を傾《かし》げる。

「付き合う前のことを……？　どうして……？」

「それは……」

——それは、あそこに全ての答えがあったからだ。

俺が雫《しずく》さんや麻世《まよ》さんの下で「修行」をするうちに気付いた、自分の中のとある感情。

俺はどうして佐藤さんに負けたくないのか？

そのルーツが——あのもどかしくも楽しかった時間の中にあったことに、ようやく気付いたからだ。

「佐藤さん、俺は――」

「――お待たせしました。たい焼きです」

俺の言葉を遮り、小彼《おがの》さんが出来立てのたい焼きを佐藤さんに手渡した。

……間が悪い。

「わぁっ……！　これが天然モノの……！」

佐藤さんも佐藤さんで、完全に興味が「天然モノのたい焼き」へ移ってしまった。

佐藤さんからの追撃が止《や》んだので、結果オーライといえばそうなのだが……なんだろう、釈然としない。

「押尾《おしお》君っ！　食べてもいい!?」

「……う、うん、火傷《やけど》しないようにね……」

「うんっ！　いただきますっ！」

言うが早いか、佐藤さんは子どもみたいにたい焼きへかじりつく。

佐藤さんがほふほふやると、口から白い蒸気が漏れた。

「これすっごくおいしいよ押尾君！　尻尾《しっぽ》の先まで餡子《あんこ》が詰まってる！」

「良かった」

……佐藤さん、本当に美味《おい》しそうに食べるなぁ。

見ているだけでこっちまでお腹が減ってきた。

「お、お待たせしました……」

なんて思っていたら、後ろから小彼《おがの》さんの声が聞こえてきた。

おっ、俺の分もきたみたいだ。そういえばたい焼きを食べるのなんていつぶりかなぁ。

なんてしみじみ感じ入っていると……

「……?」

さっきまでぱりぱりほふほふと夢中でたい焼きをかじっていた佐藤《さとう》さんが、まるで一時停止でもかけられたみたいに固まっていた。

あんぐりと口を開き、両目を丸くして、ある一点を見つめている。

その視線は、どうやら俺の背後に向けられているようだが……

と思った次の瞬間、「ドガン!」とすさまじい音を立てて、テーブルに何かが置かれた。

「…………へ?」

目の前の光景が理解できない。

だって、俺は確かに「たい焼き」を注文したはずだ。

でも、今俺の目の前にあるこれは、どう見たってたい焼きじゃない。全く別の食べ物だ。

……いや、正確にはたい焼きもある。

ソレのてっぺんに、まるでしゃちほこか何かのように、一尾乗っかっている。

しいて言うならこれは――

「はぁ……ふぅ、お待たせいたしました。『デラックスたい焼きパフェ城』です」

……パフェだ。

対面に座っている佐藤さんの顔が隠れるぐらい、超デカ盛りの――

「なっ、なにこれ……？」

喉《のど》が引きつってうまく発声できない。佐藤さんは未《いま》だに言葉を失ったままだ。

――テーブルの上に鎮座ましますは、その名の通り「城」であった。

石垣を模したガラスの器には、抹茶アイス・抹茶ジュレ・コーンフレーク・白玉・わらび餅《もち》・生クリーム・チョコレートソース等で形作られた城が築城されている。

栗《くり》やミカンなど秋を感じさせるフルーツたちがこれを装飾し、極め付きは天守で存在感を放つ一尾のたい焼き。

たい焼きが飾り扱い――縮尺が狂っているとしか思えないサイズ感のパフェが今、俺たちの目の前にあった。

「……あ、あの、たぶんこれ、頼んでない……と思うんですけど……」

初めに指摘したのは佐藤さんだった。

それというのも、俺は佐藤さんが声を発するまで、ただただ目の前のデカ盛りパフェに圧倒され、まったく我を忘れていたのだ。

そ……そうだ！　頼んでいない！

俺は確かに「たい焼き」を二つ注文したはずだ！　あやうく自分を見失うところだった！

これ、何⁉

助けを求めるように小彼《おがの》さんの方を振り向く。

すると小彼さんは、突然頭を抱えて……

「——あ、あぁ〜〜⁉　私としたことが注文を間違えてしまったぁ〜〜〜！」

……ものすっごい棒読みで、そんなことを叫び出した。

彼女は「うわ〜〜！」とわざとらしく悲痛な顔を作りながら、更に続ける。

「うっかり大食いチャレンジ用のメニューを出してしまった〜〜！　どうしよう〜〜！　こんな量の食材を無駄にしたってバレたら店長に殺されてしまう〜〜っ!!　ああ〜〜っ！」

その棒読みっぷりには俺も佐藤《さとう》さんも思わず閉口してしまう。

こ、困ってることだけは分かるけど……

俺と佐藤さんは、もう一度パフェを見る。

……デカい。改めてデカい。

こんなものが果たして人間の胃袋の中に収まるのかと、甚《はなは》だ疑問しかない。

ウッ……考えただけで胸やけが……

「どうしよう〜〜っ！　こんな量のパフェを捨てたら絶対店長にバレちゃう〜〜〜！　店長は食材を無駄にすることをなにより怒るから〜〜っ！　うわぁ〜〜〜っ!!」

小彼さんが、「うう～」とか「ああ～」とか言いながら、ちらちらとこちらの様子を窺《うかが》ってくる。

……暗に、俺にこのデカ盛りパフェを食べて欲しいと言っているのだろう。

いくら大根芝居でも、いざ口に出されると気まずい。

しばしの沈黙。いかにも言いづらそうに佐藤さんが口を開いた。

「あ、あの、小彼さん？　せっかくだけど、さすがにこの量は食べきれな……」

「――うわぁ～～～～!!　店長に殺されてしまう～～～っ！」

「……」

勇気を振り絞った佐藤さんの発言であったが、小彼さんの「殺されてしまう～」にかき消され、佐藤さんはきゅっと口を縛った。

……本来ならば、俺がきっぱり「頼んでないです」と突き返す場面なのだろう。

だって俺たちに責任はないはずだ。そもそもこんなの食べきれるわけがない。

仮に食べきれたとして、こんな量のパフェを完食してしまえば最後、この後の綿密に練られたデートプランは全てご破算になってしまう。

食べる理由がない……でも。

「――う、うわあ！　すっごいなぁこれ！」

俺はこの気まずい空気を打ち破るように、わざとらしく大袈裟《おおげさ》に喜んでみせた。

そして自らのスマホを取り出し、パシャパシャと、いろんな角度からパフェの写真を撮り始める。突然のことに、佐藤《さとう》さんはもちろん小彼《おがの》さんまでもが驚いていたようだった。

「お、押尾《おしお》君……？」

「──佐藤さんも撮りなよ！　絶対映《ば》えるよ！　ほら、たい焼きがこんなに小さく見える！

小彼さんにはむしろ、間違ってくれて感謝って感じだね！」

「あっ……え？　ちょっ……押尾颯太《そうた》……」

「──じゃあお腹空いてたからもう食べちゃうね！」

俺は手短に「いただきます」を済ませると、パフェ用のスプーンを構えて城攻めを開始する。

攻略法なんてない！

ただスプーンで削って口に運んで、削って口に運んでの繰り返しだ！

「押尾君っ!?　無理だよっ！」

佐藤さんが驚愕《きようがく》の声をあげる。

でも俺のやることは変わらない。笑顔を浮かべながら、パフェを口に運んで「美味《おい》しいよ」と答えるだけだ。

難攻不落の『デラックスたい焼きパフェ城』──ここは満腹感を覚えるよりも早く、一気《いっき》呵成《かせい》に攻め抜ける!!

「ちょっ……ちょっと押尾颯太!?　そのパフェ、総重量三キロあるのよっ!?　三人がかりだってキツイのに……！」

次に声をあげたのは小彼さんだった。

まるで「ああは言ったものの、まさか本当に食べるとは思っていなかった」かのような口ぶりだ。

でも俺はやはり笑顔でパフェを口に運びながら「美味しいよ」と答えるだけ。城攻めの手は止めない。

確実に胃の中へ溜《た》まっていく、甘ったるいソレの存在を感じながら、俺は内心で自嘲《じちょう》した。

馬鹿《ばか》だ、俺は……

突き返した方がいいと頭では分かっているのに、結局、身体《からだ》が勝手に動いてしまった。

それも当然だ。

だって、俺は……佐藤さんの前では――

「おっ、押尾君っ！　私も手伝うよっ！」

佐藤さんがパフェスプーンを構え、城攻めに加勢した。

闘いは始まったばかりであった。

●五十嵐澪《いがらしみお》

三輪《みつわ》アニマルランド内、ゲームコーナーにて。

「──はいっ！　ブザービートぉっ！　三六対二一で私と麻世《まよ》の圧勝ぉ～っ！」

謎《なぞ》の女子大生──三園雫《みそのしずく》さんというらしい──が、終了のブザーと同時にゴールリングへバスケットボールを叩《たた》きこんだ。

切れかけた電光掲示板が懸命に明滅しながら女子大生チームの勝利を告げている。

──第四回戦。バスケゲームでは向こうに軍配が上がった形だ。

「ちょっ……みおみお、なにやってんの！　負けちゃったじゃん⁉」

「ハァッ……！　ハァ……う、うるさいわね！　わさびアンタ一回もゴール決めてないでしょっ……⁉」

「雫さん、強すぎるよぉ……まるでゴールに吸い込まれるみたいにぃ……」

「あははは！　運動だったらＪＫごときに負けないもんね～～！　ともかくこれで二勝一敗！　私たち女子大生チームの勝ち！」

「はぁっ⁉　ちょ、ちょっと待ちなよ！　音ゲー対決では私の圧勝だったじゃん⁉　引き分けでしょ⁉」

「あれは私がルール分からなかったので無効です～～！　私たちはバンドやってるのでガチの音楽対決なら負けません～～！」

「きっ、きったね～～！！　じゃあ次はシューティングゲームで勝負だ！　今度は言い訳しないでよ!?」

「いいわよやってやろうじゃないのよ！」

わさびと雫さんが、今にも嚙《か》みつかんばかりの勢いで、メンチを切り合っている。

私は乱れた息を整えながら、そこはかとない違和感を覚えていた。

あれ……？　私たちなんで、初対面の女子大生とゲーセンで遊んでるの……？

酸欠で頭がぼーっとしているせいか、思考がまとまらない。

何か、大事なことを忘れているような気がするんだけれど……

「えー、宴もたけなわですが……」

そんな時、女子大生チームの片割れ──根津《ねづ》麻世さん──が口を開いた。

麻世さんは皆の注目を集めると、一言。

「……颯太《そうた》君と、こはるちゃんは？」

あっ、という皆の間の抜けた声が重なった。

そして続いて「えっ？」という声が重なり、私たちは目を見合わせる。

大変間の抜けた話で恐縮だが、私たちはこの時初めて、お互いが動物園へやってきた理由を知ったわけである。

──まさに夢から覚めた、といった感じだ。

たっぷり遊び呆《ほう》けてしまった私たちは、慌ててゲーセンから飛び出し、あのバカップルの捜索を開始した。もちろん女子大生チームと結託して。

無駄に長いこと遊びすぎてしまったため、捜索は困難を極めると思ったが……

「いっ、いたっ！　見つけた!!」

予想とは裏腹に、二人はすぐ見つかった。

理由は二つ、まず一つ目にあれから結構な時間が経《た》つというのに、あの二人が未《いま》だ猿山からそう遠くない休憩スペースにいたこと。

そしてもう一つは……

「なにこれ……？」

——彼らの周りに、人だかりができていたためだ。

それはもう、三輪《みつわ》アニマルランドの数少ないお客さん全員が集まってきているのではないかというほどに。

そして観衆からは「がんばれー！」「あと少しあと少し！」「絶対いけるよ！」などと熱い声援が飛び交っている。

そして、その声援の中心で押尾颯太《おしおそうた》は——

「……っ！　……っ！」

——これまた不思議なことに、デカ盛りパフェに挑戦していた。

「どういう状況……？」

わさびが呟《つぶや》いたが、女子大生チームも含めた私たち全員が、同じ気持ちであった。

私たちがぽかんと呆《ほう》けている間も、押尾《おしお》君は凄《すさ》まじいスピードでパフェの山を崩していく。

食べるというよりは、もはや工事だ。

「お、押尾君ごめん……私、もう一口も……うっ」

見ると、押尾君の向かいの席でこはるが顔を青くして、テーブルに突っ伏している。

きっと彼女なりに健闘したのだろう。口元にはクリームがついていた。

唯一の味方のリタイア宣言……しかしそれを見てもなお、押尾君はパフェを口へ運ぶ手を休めないまま、

「気にしなくていいよ！　俺、甘いもの好きだから！」

なんて強がりまで言っている。

これには観客も「おおっ」と歓声をあげた。

「やっ……やめなさいって押尾颯太《そうた》！　ほ、本当に死ぬわよ!?」

見るに見かねた店員の女性までもが、押尾君を止めに入る。

しかし、それでも押尾君は笑みを崩さなかった。爽《さわ》やかな笑顔を浮かべながら、パフェを頰《ほお》張《ば》るのであった。

「わっ……私もう知らないからっ……!?」

女性店員が最後にそう言い残して、その場を立ち去る。

それでもやはり押尾君はスプーンの回転を止めない。

少しずつ、少しずつだが着実に、パフェの城を攻略していく。

……押尾颯太とそれほど交流のない私でも、彼が大食いなんてガラじゃないことは分かる。

だからこそ、ボロボロになったパフェの山から、彼の並外れた奮闘が窺《うかが》えた。

そして、彼がもうとっくに限界を超えているということも、同時に分かってしまう。

それでも……押尾君はパフェを口に運ぶ。

もはや笑顔も引きつり、顔色は青を通り越して白になりつつあっても……

「押尾君すごぉ……」

ひばっちがぽつりと呟く。これもまた一同、同じ気持ちであった。彼の姿には、いっそ尊敬の念すら覚えたほどだ。

……ただ一人、雫《しずく》さんを除いては。

「あ……あのバカっ!?　麻世《まよ》っ！　スマホ貸して！」

「ええ？　自分の使えばいいじゃない」

「私のバキバキ！　貸して！」

「はあ、しょうがないわね……」

雫さんは麻世さんからスマホをひったくると、すぐにどこかへ電話をかけ始めた。

ほどなくしてテーブルの上に置かれた、押尾《おしお》君のスマホが震え出す。

どうやら電話の相手は押尾君のようだ。着信画面を見て、押尾君の手が初めて止まった。

「……っ」

押尾君がしばし着信画面を見つめたまま、固まる。

スマホのバイブ機能が何度かテーブルを震わせたのち、押尾君は電話を取った。

「も……もしもし、麻世《まよ》さん？　なにか……？」

「――なにかじゃないよコラっ！　ソータ君！　なにやってんのアンタはさ⁉」

雫《しずく》さんが電話口に吠《ほ》える。

しかし本来ならば少し声を張れば普通に会話のできる距離だ。

押尾君は一度訝《いぶか》しげに眉《まゆ》をひそめると、スマホを耳に当てたままこちらを見た。

観衆の中に紛れた私たちと、目が合う。

「……やっぱり、皆来てたんですね」

正面から見て確信したが……押尾君は私たちが思っている以上に憔悴《しょうすい》していた。

そりゃあそうだろう、あんな冗談みたいな大きさのパフェを、ほとんど一人で、すでに七割近く胃の中へ収めているのだから。

……見た目に似合わずすごい精神力だ。椅子《いす》に座って口が利けるだけでも奇跡である。

そんな状態の押尾君を見て、雫さんは電話口で捲《まく》し立てた。

「なんでちょっと目を離した隙《すき》にフードファイト!?　わけわかんないよっ!?　デートはどうしたの!?　まだ猿山しか見てないでしょ!?　このあとの計画が台無しじゃない！」

「す、すみま……ヴッ……！」

押尾君が苦しそうにえずく。

きっともうマトモに言葉を交わすことさえ難しいのだろう。額には脂汗が滲《にじ》んでいた。

「ほら苦しいんでしょ!?　分かったらさっさとリタイアして！　今からならまだ間に合うかもしれないから！　こはるちゃんをリードするんでしょ!?」

「……っ」

「本来ならこの時間にはもう小動物の森の中にある『夜の洞窟《どうくつ》』で暗闇《くらやみ》に怯《おび》えるこはるちゃんをエスコートする作戦だったけど……予定をいっこ繰り上げればまだ大丈夫！　まだまだ挽《ばん》回《かい》可能！　観覧車にも乗らずに済むはず！　だから、ね!?」

「……」

押尾君が、対面で伸びているこはるをちらりと見た。

「こはるちゃんを惚《ほ》れ直させるんでしょ!?　自分は底の浅い男なんかじゃないって証明するんでしょ!?　ほら、早くソータ君――！」

「……」

耳にスマホを当てた押尾君が、こはるを見つめたまま固まる。

……それから一体、どれぐらい経《た》ったのだろう？

野次馬たちがどよめく中、押尾《おしお》君はまるで憑《つ》き物が落ちたかのように穏やかな笑みを浮かべて……

「……ごめんなさい、雫《しずく》さん、色々考えてもらったのに」

「えっ？　ちょ、ソータ君？　なんで謝って……」

「——計画はナシってことで」

押尾君は爽《さわ》やかな笑顔でそう言い切るなり、スマホの電源を落とした。

「なっ……!?」

予想外の行動に驚き、言葉を失う雫さん。

そして押尾君は再びスプーンを手に取って——攻城戦を再開する。

驚いたことに、食べるスピードは一切衰えていない。いや、むしろ中断する前よりも早くなっている。

すさまじい意地と執念でラストスパート。

これには観客たちもわっと沸き立った。

「おおおお——っっ!?」「すげえ！　兄ちゃんあとちょっと！」「がんばれ————っ！」

そして押尾君が最後、見るも無残に崩落した天守のたい焼きを頬張《ほおば》り——

難攻不落のパフェ城、陥落せり。

「ごっ……ごちそうさまでしたぁ…っ……！」

――押尾颯太《そうた》、堂々の完食である。

「すっ、すご――――い!!」

ひばっちが感極まって叫び、そしてこれに続くようにして、観客たちから押尾君の健闘をたたえる拍手の雨が降り注いだ。

私もわさびも、気がついたら拍手をしていた。

結局、押尾君がどうして動物園デート中にデカ盛りパフェにチャレンジしていたのかは分からずじまいだけれど……

そんなのが些末《さまつ》なことに思えてくるぐらい、謎《なぞ》の感動があった！

「ソータ君……！　な、なぜ……私の計画はカンペキなのに……こはるちゃんが惚《ほ》れ直すこと間違いなしの、カンペキなデートプランだったのにぃ……！」

「颯太君、意外と男らしいところあるのねえ。……ほら雫、帰るわよ」

「えっ、麻世《まよ》なんで……!?」

「今の颯太君に私たちのアドバイスはもういらないってこと。さ、そろそろ次のバスがくるわ」

「う、うわ――――っヤダ――――っっ!!　もっと楽しみたかったのにぃ――――っ……！」

子どもみたくダダをこねる雫さんが、麻世さんに引きずられて退場していく。

結局なんだったんだ？　あの女子大生たちは……？

ともあれ、押尾君《おしお》がよろよろと席を立った。

彼は……本当にすごい。この期に及んで未《いま》だに笑顔を絶やしていないのだ。

テーブルに突っ伏したこはるが、立ち上がった押尾君を見上げて、呻《うめ》くように言った。

「……押尾君……全部、食べちゃったの……？」

これに答えて、押尾君。

「……うん、おいしかった」

「や、やっぱりすごいなぁ……押尾君は……」

こはるからその言葉を聞いた時、押尾君が今までで一番満ち足りた笑顔を浮かべていたのを、私は見逃さなかった。

そして彼は、こはるへ優しげに微笑《ほほえ》みかけて……

「佐藤《さとう》さん、俺飲み物でも買ってこようと思うんだけど、何が飲みたい？」

……彼の強靭《きようじん》な意志力には、元アスリートとしてもはや尊敬しかなかった。

四枚目　男の見栄は

◆須藤凛香《すどうりんか》

「――ねえねえ凛香ちゃん!?　見てよこれ！　この猿、箒で落ち葉集めてる！　おもしろ～～い！　トゥイッターに投稿しちゃお～っと」

お姉ちゃんが実に呑気《のんき》に言いながら、なんだかよく分からない猿をスマホのカメラでパシャパシャと撮りまくっている。

「うわっ!?　なになになに!?　今度は自分で集めた落ち葉ぶちまけ始めた！　怖っ!?」

お姉ちゃんがなにやら一人ではしゃぎまくっているけれど……残念ながらあたしは、そういう気分にはなれなかった。

さっきお姉ちゃんに言われた言葉が、延々と、頭の中をぐるぐるしていたから。

――じゃあ凛香ちゃん、別に押尾《おしお》君のこと好きじゃないんだ？

――結局、自分が傷つくのが怖いんでしょ？

――最終的に自分可愛《かわい》さが勝っちゃう程度の、ぬるい恋なんでしょ？

――そんな中途半端な好意を向けられる押尾君が一番可哀想《かわいそう》だよ。

あたしのことなんにも知らないくせにテキトーなことばかり言って……最低、バカ姉貴……

なんて悪態を吐《つ》いてみるけれど、本当はあたしも、心のどこかで認めていた。

お姉ちゃんの言葉が、もしかしたら真実かもしれないということを……

「……あたし、中途半端な恋愛してたのかな……」

誰に言うでもなく独《ひと》り言《ご》ちる。もちろん、これに答えてくれる人はいない。

結局あたしは恋に恋をしていただけなのだろうか……

自問自答、堂々巡り。

答えはいつまで経《た》ってても出てこずに、ただただ木枯らしが肩を撫《な》でる。

……寒い。白い息を吐き出し、自らの肩を抱いた。

「おっ、ようやく連絡がとれた」

お姉ちゃんが自らのスマホを覗《のぞ》き込んで、いかにも嬉《うれ》しそうに声をあげた。

「凛香ちゃん、多分これがラストチャンスだね」

「ラストチャンス……？」

あたしが尋ねる。するとお姉ちゃんは、満面の笑みを浮かべながら——

「——押尾君、今一人なんだって」

……ランド中央の大階段を上った先には、三輪《みつわ》アニマルランドの名物、大観覧車がある。

この大観覧車前を右折し、人気《ひとけ》のない道をしばらく進むと……三輪《みつわ》アニマルランド全体を眺望できる高台に出る。

そこにひっそりと建つ、小さな公衆トイレ。

——もしも本当に押尾《おしお》君が好きなら、そこに行ってみなよ。

と、お姉ちゃんは言った。

あたしは本当に押尾さんに恋をしていたのか、未《いま》だ答えが出せずにいる。

……ただ、ここで行かなければ、今まであたしのしてきたこと全てが無駄だったような気がして、あたしは一人、指定された場所へと向かった。

そして——彼の姿を見つける。

「押尾さん……？」

彼は——どういうわけか、たった一人、公衆トイレ近くのベンチに力なく横たわっていた。

青白い顔、ベンチの下へだらんと垂れた左腕……一瞬、最悪の予感が脳裏をよぎる。

「——押尾さんっ⁉」

あたしはすぐさま彼の下へ駆けよった。

すると——最悪の予感は外れた——押尾さんが億劫《おっくう》そうにこちらを見て、弱々しく微笑《ほほえ》んだ。

「あ、あぁ……凛香《りんか》ちゃん、よく会うね……悪いんだけど、今何時か教えてもらえるかな……？」

「どうしたんですか押尾さんっ⁉」

「……あの後色々あって……デカ盛りパフェに挑戦することになって……完食した……でも胸やけがすごすぎて、一歩も動けなくなって……」

「マジで何やってんですか!?」

何一つ理解できなかった。

なんでこの人、動物園にデートにきて、デカ盛りパフェ食べてグロッキーになってるの!?

ああ、もう……！

「——押尾さん！　そのまま待っててください！　すぐに戻りますから！」

あたしは押尾さんにそう言い残し、踵《きびす》を返すと、自動販売機を探すために園内を駆け回った。

小さい動物園だからか、なかなかソレが見つからず、無駄に探し回ってしまったが……

「あった！」

あたしはやっとの思いで見つけた自販機に駆け寄り、とりあえず目当てのペットボトルを二本ほど購入して、再び押尾さんの元へ駆け戻る。

もう秋風の冷たい季節だというのに、全力で走ったものだから、戻るころにはすっかり汗だくになってしまった。

「お、押尾さん……！　お待たせしました！」

あたしはペットボトルを開栓して、押尾さんに差し出す。

しかし押尾さんは、ペットボトルを持つために、だらんと垂れた腕を持ち上げることすら難儀らしい。

仕方ない……！

「押尾《おしお》さん、少しずつ流し込みますから、ゆっくり飲んでください」

押尾さんが注視していなければ分からないほど小さく、こくりと頷《うなず》いた。

あたしはペットボトルの口を、押尾さんの唇に当て、少しずつ……本当に少しずつ、黄金色の液体を流し込んでいく。

絶対に咽《む》せないよう……流し込むというよりは垂らす、ペットボトルを少し傾けては少し戻すの繰り返し。全身の神経が張り詰めるのを感じた。

ちょうどペットボトルの四分の一ほどを押尾さんに飲ませたところで、いったん手を止める。

心なしか……押尾さんの笑顔が、ほんの少し柔らかくなったような気がする。

「はぁ……ありがとう凛香《りんか》ちゃん、少し楽になった……これは？」

「ホットのジャスミンティーです。胸やけには温かい飲み物が一番ですから。もちろんカフェインレスのものですよ」

「なにからなにまでごめんね……」

「……気にしないでください」

こんなに弱っている押尾さんを見るのは初めてだ。

彼はいつだって——年上らしくしていなければいけないと思っているのか——気丈に振る

舞う。どんなに困ったことがあったって、あの爽《さわ》やかな笑みで誤魔化《ごまか》してしまうのだが……今ではその笑みすら、満足に浮かべられない状態だ。

……きっとパフェのせいだけではない。

今日までに蓄積してきた肉体的、精神的な疲弊が一気に押し寄せてきたのだ。

「……こんな時に、こはるはどこで何をしているんですか」

段々、ここにはいないこはるに憤りを感じ始めた。

どうして、あなたの一番大事な人が苦しんでいる時、あなたが傍《そば》にいないの？　カノジョじゃなかったのか？

押尾さんが細く息を吸って答えた。

「……俺が来ないでって言ったんだ。佐藤《さとう》さんはついてくるって言ったんだけど……どうしても見せたくなかった。こんな情けないところ……」

……どうやら相当、弱っているらしい。

彼の言葉は、確かに自らの不甲斐《ふがい》なさを恥じているもののようであった。

「ホント、凛香ちゃんにばっかり、情けないところを見せちゃってるなぁ……」

「押尾さん……」

……こんなにも、誰かのことを力いっぱい抱きしめたいと思ったのは、生まれて初めてのことだった。

あたしは、自分に押尾《おしお》さんを抱きしめる資格がないことを悔やみ……

そして、世界でただ一人、彼を抱きしめる資格を持った彼女がこの場にいないことに、強い憤りを感じた。

あたしの中で、黒い感情がふつふつと泡立つ。

佐藤《さとう》こはる、あなたは一度でも考えたことがあるのか？

押尾さんが、どうしてあなたに弱味を見せず、あたかも完璧《かんぺき》な男性のようにふるまうか。

こんなにも弱々しく脆《もろ》い、きわめて普通の男子高校生である彼が、自らの弱味をひた隠しにするのか？

考えたこともないだろう？　だったらあたしが答えてやる。

――それはあなたに、押尾さんの弱さを受け容れるだけの器がないからだ。

あなたはただ押尾さんに、カンペキな男性を夢見ているだけ。

あなたにだけ尽くして、あなたを励まして、支えて、抱きしめて、受け容《い》れ、全てを肯定する――そんな清廉潔白な男性だと、思い込んでいるせいだ。

だから押尾さんは隠す。

自分の情けない部分を、ダメな部分を、弱音を、泣き言を、不満を、愚痴《ぐち》を、欲求を……

あなたは、それに応《こた》えることができないから。

だから今日も今日とて、全てをたった一人で抱え込んだ押尾さんが、ここで潰《つぶ》れている。

あなたが何一つ、一緒に抱えてあげなかったからだ。

「……」

……不公平だ、と思う。

こはるはただ一方的に押尾さんに自分の理想を押し付けているだけ。

でも……あたしは知っている。

押尾さんが、押尾さん自身がそう思うほど強い人間ではないということを。

だから受け入れられる。

押尾さんの情けない部分を、ダメな部分を、弱音を、泣き言を、不満を、愚痴を、欲求を
……全部、全部……


気がつくと、あたしは押尾さんの顔へ、自らの顔を寄せていた。

押尾さんの顔があたしの影に完全に呑《の》み込まれる。

押尾さんはよほど苦しいのか、両目を瞑《つむ》ったまま深く息を吸ったり吐いたりしていて……

あたしがこれから何をしようとしているのか、気付く気配はない。

——だって本当に好きなら邪魔するもんね？　何がなんでも奪おうとするよね？

お姉ちゃんの言葉が頭の中にリフレインしていた。

――こはるが悪い。

――こんな時に彼の傍《そば》にいなかった、こはるが悪い。

――だからあたしがもらう。

――いいよね？

あたしは静かに髪をかきあげ、耳にかける。

そしてゆっくり、ゆっくりと顔を近づけていく。

こんな状況だというのに、頭の中は驚くほどに冷静だった。まるで別の視点から自分を俯瞰《ふかん》するような感覚さえある。

だから問題なく、あたしは唇を近づける。彼のソレに、重ねるために。

こはるがまだ手にしていない大事なものを、あたしがもらうために――

しかしいよいよ鼻先も触れ合おうという時。

押尾《おしお》さんの唇が、小さく動いて……

「……佐藤《さとう》さん……」

あたしはすんでのところでとどまった。

「……」

少し顔を引いて、あらためて押尾さんの顔を観察する。

相変わらず、長い睫毛《まつげ》だ――

そう思いかけて、あれ？　そういえばあたしは、以前にもこの距離から押尾さんの顔を見たことがあるな、と思い至る。

いつのことだったか……すぐに思い出せた。

そうだ、あれは押尾さんがあたしの家に遊びに来た時のこと。

好きな人のために、恋愛について勉強したいと言って、押尾さんはあたしの貸した少女マンガを熱心に読み込んでいたっけ……

そうだ。

少女マンガを読み込む押尾さんの真剣な横顔と、それを隣で見つめるあたし……

……これはあの時と、同じ距離だ……

「……押尾さんは、押尾さん自身が思ってるほど強い人間じゃありません」

気がつくと、あたしの口が言葉を紡ぎ始めていた。

押尾さんは深く呼吸をしながら、黙ってあたしの話を聴いている。

「強がりも、虚勢も、やせ我慢も……いつまでも続いたりはしません……いずれ限界がきます。今回はその前触れみたいなもので、いつか……いつか本当に、潰《つぶ》れちゃいますよ」

「……うん」

「あたしなら――」

その言葉を口にしようとした途端、胸が締め付けられる。

……きっと、あたしは知っているのだ。

押尾《おしお》さんがどういう風に答えるかを。

そして——あたしの想いは、たぶん届かないということを。

でも、この想いを抑えることはできなかった。

「あたしなら、受け容《い》れられます。押尾さんの全てを、押尾さんの背負う物を一緒に、抱えてあげることができます。だから……だからあたしを——」

しかし、その先を口にすることはできなかった。

なぜなら……押尾さんが、あたしの唇へ人差し指をそっと添えたからだ。

あたしはなんとか堪《こら》えたけれど、それでも抑えきれなかった想いが一粒、右の目からぽろりとこぼれた。

「……知ってるよ、自分が弱い人間だなんて。強がってるだけだなんて……」

押尾さんがうわ言のように呟《つぶや》きながら、ゆっくりと身体《からだ》を起こす。

強がりだ、やせ我慢だ。

でも押尾さんは、弱々しくも、いつも通りの爽《さわ》やかな笑顔を浮かべて、言うのだ。

「——でも、佐藤《さとう》さんはそんな俺のことを好きになってくれたんだ」

押尾さんはそう言って、ゆっくりとベンチから身体を起こす。

「俺は今まで……佐藤さんにふさわしい男になろうと思って、いっぱい、見栄を張ってきた。

強がりもしたし、やせ我慢もした。そうしたら――佐藤さんが、そんな俺のことを好きだって言ってくれたんだ」

……ああ、そうだ。

お姉ちゃんに色々言われたせいで、ついうっかり忘れてしまっていた。

「エセでもなんでもいい、佐藤さんがそんな俺を好きになってくれた……そう考えるだけでいくらでもパワーが湧《わ》いてくるんだよ……要するに」

あたしの好きになった男の人は……

……押尾、颯太《そうた》という人は……

「男の見栄はくだらないが、軽々しく捨てていいものではない――ってこと」

――好きな子のために見栄を張っている時が、いちばんカッコいいんだった――

「……そうですか」

ベンチから立ち上がった押尾さんを見て、鼻の奥が熱くなる。

本当なら、子どもみたいに泣きじゃくって、めいっぱい押尾さんを困らせてやりたいところだったけれど……

……こっちにも、見栄があるのだ。

「いだっ!?」

あたしは押尾さんの背中を、思い切り叩《たた》いてやった。

そして振り返った押尾《おしお》さんに、せいいっぱい笑いかける。

「――だったらこんなところで寝てる場合じゃないですよ！　押尾颯太《そうた》がカノジョを待たせたら駄目でしょう!?」

「……うん」

「だいたい、押尾さんはいっつも中学生相手にウジウジめそめそして！　女々しいんですよ！　ホント、あたしじゃなかったらとっくに幻滅してますよ！」

「……うん」

「そ、それに、ええと、あたしの好きなマンガで……っ、諦《あきら》めたらそこで試合終了って言葉もあって……！」

「――凛香《りんか》ちゃん」

押尾さんが、あたしの言葉を遮る。

そして、優しげに微笑《ほほえ》んだまま、ただ一言だけ……

「本当に、ありがとう」

「……気にしないでください」

「うん、またね」

押尾さんは最後にそう言い残すと一切振り返らずに走り去っていった。

途端に胸の奥の奥の方から熱いものがこみあげてきて、両目からあふれ出そうになったけれど……あたしは一滴もこぼさず、自分の中に呑《の》み込んだ。

だって、ここで泣いたら認めたことになってしまう。

それに……絶対に涙を見せたくない相手が、そこにいる。

あたしはすっくと立ち上がると、身を翻し、背後の草むらに向かってずんずんと歩き出す。

肩を怒らせ、大股《おおまた》に。

するとあたしの気迫に負けたのか、草むらから彼女が飛び出した。

「――わっ、わ――――っ!?　りっ、凛香ちゃんタンマタンマ!!」

覗《のぞ》き魔――もとい、我が愚姉・須藤《すどう》京香《きようか》である。

しかしあたしは一切歩みを緩めず、ずんずんと彼女に詰め寄っていく。

「ね、ねえ凛香ちゃん!?　ち、違うのっ！　その……り、凛香ちゃんがうまくいくか、心配になっちゃって！　だから別に、悪気があったわけとかではなく、全部凛香ちゃんのために
――ヒュッ!?」

よく回る口は、襟首《えりくび》を掴《つか》んで引き寄せることで無理やり黙らせた。

お姉ちゃんの顔がさ――――っと青ざめる。

「り、凛香ちゃ～ん……？　痛いよー……？」

「――期待してたものが見れなくて残念だった？　バカ姉貴」

「あ、あはは、お姉ちゃんちょっとどういう意味か分かんないかな～……」

「全部余計なおせっかいってこと。あたし、お姉ちゃんが思ってるより、ずっと強いから」

「でっ……！　でもっ！　フラれちゃったら意味ないじゃん⁉」

「──フラれてないし」

「えっ……？」

お姉ちゃんが目を丸くする。

聞こえてないようならもう一度、はっきりと言ってやろう。

「あたしは、押尾《おしお》さんに、フラれて、ないし」

「い、いやっ！　さっきのは誰がどう見たってフラれて──────！」

「──なにそれ？　知らない、あたし中学生だから」

「……⁉　いだっ⁉」

あたしはそこでようやくお姉ちゃんを解放し、支えを失ったお姉ちゃんはべしゃりと地面に倒れ込む。

あたしは地べたに這《は》いつくばるお姉ちゃんを見下ろしながら、更に続けた。

「──あたし、中学生だから空気とか読めないし、中学生だから恋愛の駆け引きも分かんない、中学生だから押尾さんが何を言ってたのかもぜんっぜん意味フメーだったし」

「り、凛香《りんか》ちゃん、それは……！」

「あたしは告白なんてしてないし、押尾さんも何も言わなかった。だからあたしは、押尾さんにフラれてない。中学生でも分かる簡単な話じゃない」

「で、でもそれで傷つくのは凛香ちゃんなのよっ!?」

「だから?」

「だっ……!?」

お姉ちゃんがとうとう言葉を失った。

お節介焼きのクソボケ姉貴――でも、おかげで一つ確信したことがある。

それは……

「――傷つくのが怖くて、恋愛なんかやってられるかっつーの」

あたしが、どうしようもないぐらい本気で押尾さんに恋をしているということだ。

♠押尾颯太《そうた》

誕生日に佐藤《さとう》さんからもらった腕時計……

これを確かめてみると、俺がベンチで横になり始めてから、すでに15分が経過しようとしていることが分かった。

……ずいぶんと長く、佐藤さんから離れてしまった。

おぼつかない足取りで、少しでも早く佐藤さんの下へ戻ろうと歩を進める。

気持ちが悪い……胸のあたりがむかむかする……

少しでも気を抜けば、胸のあたりから酸っぱいものが上ってくる。

頭はぼーっとするし、寒気もする。

派手に水をかぶったせいで風邪でも引いてしまったのだろうか？

とにかくコンディションはこの上ないぐらい最悪だった。

でも……

「戻らなきゃ、佐藤《さとう》さんのところに……」

歩みは止めなかった。何故《なぜ》なら、俺は佐藤さんのカレシだからだ。

……思えば、今日のデートで佐藤さんにはずいぶんと悪いことをしてしまった。

いくら向こうから仕掛けてくるとはいえ、あんな風に、ドギマギする佐藤さんをからかうような真似《まね》をしてしまって……

もっと普通に、デートがしたかった。

どっちがリードするとか、しないとか、そんなことは関係なく。

純粋に、見たい順番に動物を見て回って、疲れたらベンチに並んで腰を掛け、売店のソフトクリームを舐《な》める。観覧車も……本当は考えただけで震えあがるほど怖いけど、我慢して乗ろう。きっといつかは全部、笑い話になる。

だって俺は、佐藤さんの隣にいられるだけで……

「うっ……!?」

猛烈な吐き気の波がやってきた。

こ、これはヤバい……!

俺は近くの樹によりかかって、咄嗟《とっさ》に凛香《りんか》ちゃんからもらったジャスミンティーに口をつける。自分でも分かるぐらい息が荒くなっていた。

……戻らなくちゃいけないんだ。

これから俺は大階段を下って、なに食わぬ顔で佐藤さんの元へ戻る。

ごめんごめん、お手洗いが混んでて……なんて笑いながら。そして何事もなかったかのようにデートを再開する……

……再開、するんだ……

ダメだダメだと思っているのに、ずるずると下へずり落ちていく。

このままへたり込んでしまえば、再び歩き出すことは二度とできない気がした。

だから必死で耐えているんだけど、もう……眩暈《めまい》までしてきて……

――押尾《おしお》君っ!!

そんな調子だったから、俺は初め、その声が幻聴か何かだと思っていた。

今一番聞きたかった声を、俺の脳が都合よく作り出しているだけなのだと思っていた。

しかし――

「……佐藤《さとう》、さん……？」

俺の目の前には今、間違いなく彼女が立っていた。

血相を変え、肩を上下させながら荒く息を吐き出す彼女の姿が。

俺のカノジョ——佐藤こはるが、そこにいた。

「どうしたの……こんなところに……？」

「どっ……どうしたのじゃないよ!? 帰りが遅いから探しにきたんだよ！ スマホも繋《つな》がらないし……大丈夫!?」

「そ、そうなんだ……」

ダメだ、佐藤さんの前では、強い自分を演じなくてはいけない。無理やりに笑顔を作る。

「ご、ごめんね……思ったより自販機が見つからなくて……今戻るところだったんだ……」

俺はありったけの力を振り絞って、立ち上がろうとする。

しかし——かくん、と。たちまち膝《ひざ》から力が抜けてしまい、俺の身体《からだ》は前のめりに……

「……っ！」

地面へ倒れ込もうとしたところを、佐藤さんに抱き留められた。

本当なら、こんな情けないところは佐藤さんに見られたくなかったのに……なんせ頭がぼんやりとしていて、なんだか夢の中にいるような心地だった。

ひとつだけ確かに感じたのは、冷えきった身体をじんわりと温める、心地いい佐藤さんの体温……そしてかすかに香ってくる、シャンプーの香りだけだった。

「……私、分かってたよ」

佐藤さんがぽつりと呟《つぶや》く。

「押尾《おしお》君が、パフェを食べきった理由」

「……」

「私と小彼《おがの》さんが仲良くなれるように、でしょ……？」

……浅知恵を見透かされるというのは、こんなにも恥ずかしいことなのか。

こんな時になんだが、ひとつ学びを得た。

「ごめんね押尾君……今日の私、自分のことしか考えてなかった……」

佐藤さんは俺を抱きしめたまま、ぽつぽつと言葉を紡ぎ出した。

「……私、実は嬉《うれ》しかったの。この前の桜華祭《おうかさい》で、今までカンペキに見えた押尾君が、私に自分の弱いところを吐き出してくれて……本当に嬉しかった。私もようやく、押尾君のカノジョとしてふさわしくなれたんだと、そう思ったの……」

「……だから私、また押尾君に自分の弱い部分を見せてほしくて、つい……調子に乗っちゃった。はは、馬鹿《ばか》だよね……そんなことしたって、押尾君の本当に弱い部分が見えるわけじゃないのに……」

「……自信がなかったの。自分が押尾君のカノジョだってことに。だから押尾君の弱い部分も受け入れられる、そんなカノジョになりたいって、焦ってたのかもしれない……」

「せっかく押尾《おしお》君と初めての動物園なのに……押尾君のカノジョなのに……私、どうやって押尾君を照れさせるかしか考えてなかった……押尾君がデートを楽しいものにしてくれようと色々準備してたのに……押尾君がこんなにボロボロになってたのに……気付けなかった……」

「……佐藤《さとう》さん」

弱々しく自嘲《じちょう》する佐藤さん。

俺を抱きしめているせいで表情は見えないけれど、その声は確かに震えていた。

そしていよいよ、彼女の感情のダムが決壊する。

「私……押尾君のカノジョ失格だ……！」

「――そんなことないよ」

それまで黙って彼女の話を聴いていた俺だったけれど、それだけは聞き逃せなかった。

俺は自分の足で立ち、佐藤さんの細い肩を摑《つか》んで、正面から向き合う。

いきなりのことに、佐藤さんの目からこぼれかけた涙も、奥の方へ引っ込んでしまったようだった。

「押尾、くん……？」

驚く佐藤さんへ、俺はもう一度繰り返す。

「――そんなことはないよ、佐藤さんは、俺なんかに勿体《もったい》ないぐらいの、自慢の恋人だよ」

「で、でも私……押尾君がこんなにボロボロになるまで無理させて、しかも全然気付かなくって……っ！」

「……無理ぐらいさせてよ」

俺の言葉に、佐藤さんがはっと面《おもて》をあげる。

俺は彼女を安心させるよう、いつものような微笑《ほほえ》みを浮かべたまま、続けた。

「体調が最悪でも、ただの見栄だって気付かれてても、ダサいって笑われても……無理ぐらいするよ。ううん……違うな、無理したいんだ、俺が」

「ど、どうして、そんな……」

「——佐藤さんが、そんな俺を好きになってくれたから」

……結局はそれに尽きるのだ。

俺は佐藤さんに近付くために、いくつもの無理と見栄を重ねた。

佐藤さんにキモがられないために、常になんてことはないって感じの笑顔を作り続けてきた。見えないところでは、佐藤さんの可愛《かわい》さに悶《もだ》え、自分の発言のあまりの恥ずかしさに悶え、嫌われたと勘違いしてはまた悶え……

それでも俺は、虚勢を張り続けた。

傍《はた》から見ればダサいことこの上なかったと思う。俺も時々、自分が何をやっているのか分からなくなった。

でも――そんな俺を、佐藤《さとう》さんは好きだと言ってくれたんだ。

その時、俺は救われたんだ。

俺の努力は無駄じゃなかった、俺がやってきたことは間違いじゃなかった。

佐藤さんが肯定してくれて、初めて〝ダサかった自分〟を好きになれた。

だから、俺が無理する理由なんてものは、つまるところ、最もありきたりな……

「……好きな人には、自分の一番、好きなところを見てほしいから……」

佐藤さんが、俺を強く抱きしめる。

そしてたった一言だけ……

「……押尾《おしお》君は、いつだってカッコいいよ」

その一言で、今までの全部が報われた気分になるのだから、自分もたいがい単純だな、と思ったのであった……


佐藤さんと並んでベンチに腰をかけ、眼下に広がる三輪《みつわ》アニマルランドを眺める。

抜けるような青空と、秋風が心地いい……

最初は……はっきり言って最悪の気分で、口を開くことさえ億劫《おっくう》だったんだけど、佐藤さんが必死で介抱してくれたこともあり、だんだん気分がよくなってきた。

俺は「……もう少ししたらまた、動物を見に行こうか」と提案したんだけど、佐藤さんは

むっと眉間《みけん》にシワをつくって、

「――ダメ！　帰ります！」

と、頑《かたく》なだった。

「そんな状態の押尾君連れ回すわけないでしょ！　デートはおしまい！」

「で、でも佐藤さんにとっては初めての動物園デートで……」

「私は十分楽しめたもん！　……具合がよくなったら一緒に帰ろう？　家まで送るよ」

「……ありがとう」

佐藤さんの気遣いが、今はただ嬉《うれ》しかった。

しかしやはり、不甲斐《ふがい》ないという気持ちはある。

だからこそ俺は、我慢できずにそれを口にしてしまった。

「……ごめんね、佐藤さん、せっかくのデートだったのに、観覧車も乗れなくて」

この寂れた動物園の、唯一のウリと言ってもいい大観覧車だ。閉園前に大観覧車から見下ろすライトアップされた三輪アニマルランドは絶景なのだと、口コミサイトにも書いてあった。

佐藤さんも、それをさぞや楽しみにしていたことだろうに……

そう思ったのだが……何故《なぜ》だか佐藤さんは照れ臭そうに、頬《ほお》を掻《か》いていた。

「あ――……そのことなんだけどね」

そして恥ずかしそうにえへへと笑いながら、佐藤さんは言う。

「私……観覧車に乗らなくて済んで、実はちょっとほっとしてるんだ……」

「えっ？」

ほっとしてる？　予想外の答えに、俺は思わず背もたれから身体《からだ》を起こす。

「ど、どうして……？」

「それが……恥ずかしいんだけど、私、小さい頃、お父さんとお母さんに連れられて、一回だけここに……三輪《みつわ》アニマルランドに、来たことがあるの」

「えっ⁉」

初耳だ。てっきり、佐藤《さとう》さんは初めてここへ来たものだと思っていたのに……。

「で、でも！　ずっと小さい頃の話だし！　それに……園内は全然回ってないの」

「回ってない……？」

その言葉の真意を確かめようとしたところ、佐藤さんはもじもじと手指をこねくりながら、たっぷりと時間をかけて、口を開いた。

「……私、どうしても最初に観覧車に乗りたいって、お父さんとお母さんに駄々をこねて、一匹も動物を見ないうちに、無理やり観覧車に乗ったの。そしたら……生まれて初めての観覧車が思ったより高くて、大泣きしちゃって……」

「えっ……？」

「そ、それでもう、私があんまりにも泣くから、動物園を見て回るどころじゃなくなって、そのまま帰っちゃったの！　でも動物を見て回れなかったのが心残りで……だから押尾《おしお》君と一緒に回ってみたいな～なんて……」

「で、でもさっき佐藤さん、猿山の次にどこへ行きたいか聞いたら、『しいて言うなら、観覧車』って言って……」

「えっ？　……あぁ！　あれはね、しいて言うなら観覧車以外ならどこでもって言おうとしたの！　実は私、あれ以来ずっと高いところがちょっと怖くて……」

てへ、と恥ずかしそうに舌を出す佐藤さん。

……開いた口が塞《ふさ》がらないとは、このことだった。

じゃあ佐藤さんは最初っから観覧車に乗るつもりなんてなかったってこと……？

「なんだそれ……」

思わず天を仰いでしまった。

抜けるような青空が、俺を笑っているような気がした。

結局、俺が一人で空回りしていただけ……？

なんだかすごくバカバカしいことに時間を費やしてしまった気がする。とんでもない脱力感に見舞われ、そのままベンチの一部になってしまいそうなぐらいだった。

……でも、まあ。

「うううう……思い出しただけで恥ずかしくなってきたぁ……」

ぱたぱたと、赤らんだ頬《ほお》を手団扇《てうちわ》で扇《あお》ぐ佐藤《さとう》さん。

……まぁ今回の諸々は、可愛《かわい》い彼女の本気の照れ顔が見られたことだし、結果オーライってことにしておくか。

そんなことを考えていたら……

「――馬鹿《ばか》な！　一体何を言い出すんだ⁉」

いきなり怒声が聞こえてきて、俺も佐藤さんもびくりと肩を跳ねさせてしまう。

「な、なに……？」

「……どこかで聞いたような声だな」

声は、茂みの向こうから聞こえてくるようだった。

聞き耳を立てるのもどうかと思うし、初めは聞かないフリをしようと思ったのだけれど……

「――キミは我らSSFの大義を忘れてしまったのか⁉」

SSFという単語が聞こえて、俺は咄嗟《とっさ》にベンチから立ち上がった。

「えっ、押尾《おしお》君どうしたの……？」

「シッ……佐藤さん、ちょっと静かに」

俺は息を殺して、茂みに顔を寄せる。佐藤さんも俺の真似《まね》をして茂みへ顔を寄せた。

そして隙間《すきま》から向こうの様子を窺《うかが》うと、そこには……

「あれは……小彼《おがの》さんと唐花《からはな》？　くん？　あとあの人は……ええと……どこかで……」

「……仁賀隆人《にがりゅうと》君だよ」

それは三輪《みつわ》アニマルランドの飼育員に扮《ふん》したSSFのリーダー仁賀隆人君が、小彼さんと唐花君を叱責《しっせき》している場面だった。

なんとも不思議な光景に、俺は目を細める。

佐藤さんが、かつて自分に告白してきた男のことを忘れていたのも地味に驚いたけれど、とにかく、仁賀君が相当ご立腹ということだけは分かった。

これに対して、頭のてっぺんから汗だくになった唐花君が、息も絶え絶え意見した。

「はぁ……もう、いいよ……大儀なんて……たくさんだ……」

「唐花洋一《よういち》！　またそんなことを！　塩対応の佐藤さんを取り戻すという目的はどうした!?」

「元々……ぼくは純粋に、佐藤さんに憧《あこが》れてただけだし……それに確信したよ……彼女は笑顔の方が、断然可愛い……！」

「なっ……!?」

「これを機にSSFも抜ける……普通にデートしてるカップルを……はぁ……陰から邪魔して引き裂こうとするなんて……間違ってるよ……」

「腑《ふ》抜けたことを……！　小彼郁実《いくみ》クン！　言ってやれ！」

「……わ、私も降りるわ……」

「なっ……!?　キミまで!?」

「べ、別に押尾颯太《おしおそうた》を許そうとか……そういうことを思ったわけじゃないけど……でも、気分じゃなくなった……ただそれだけ……」

「き、キミだけは信頼していたのに……！　くっ！　キミたちも愚昧《ぐまい》な大衆と同じだ！」

……状況は、だいたい呑《の》み込めた。

SSFという存在について知らない佐藤《さとう》さんも、なんとなくは理解したらしい。

「……あの三人が、押尾君にひどいことを……？」

他人の悪意に慣れていない彼女のことだ。理解はできても感情が追い付いていないらしい。

しかしどうやら、彼らは今まさに仲間割れをしているところらしいが……どうしたものか？

茂みの隙間《すきま》から、修羅場を覗《のぞ》きながら思案していると……

「――見つけたぜぇぇぇっ……！」

聞いただけで肝が冷えるような、低くドスの利いた声。

俺と佐藤さん、そしてSSFの三人は弾《はじ》かれたように声がした方を見て――震えあがった。

鬼だ。

鬼の夫婦が、茂みに分け入りながらSSFの前に現れた。

――具体的には、羞恥《しゅうち》と憤怒《ふんぬ》で鬼の形相になった円花《まどか》ちゃんと、不自然にニコニコ笑う蓮《れん》の二人が、そこに立っていた。

これがまたとんでもなく怖くて、俺の隣で佐藤さんが「ひゅっ」と鳴いたほどだ。

「なっ、なんだキミたちは……？」

仁賀《にが》君がめいっぱいの虚勢を張って声を振り絞る。

いつも気取って喋《しゃべ》る彼にしては珍しく、余裕がない。他の二人なんて恐怖のあまり言葉を失っている。それぐらい、二人は怖かったのだ。

「……お前がよぉ」

円花ちゃんとは対照的に、蓮が満面の笑みを浮かべながら口を開く。

しかしほどなくして彼の目が全く笑っていないことに気付き、唐花《からはな》君は「ヒィっ!?」と悲鳴をあげた。

「あちこち逃げ回るもんだからよぉ、苦労したんだよ……俺がここにくるまで、どんだけ円花に殴られたと思う？　ん？」

「散々、恥かかせてくれやがって……っ！　お前らのせいでアタシは……アタシは……っ！」

「……ちょっと待て……仁賀隆人《りゅうと》？　ははあ分かったぞ、お前らSSFだな」

蓮と円花ちゃんが、怒気を押し殺しながら一歩前に歩み出た。

SSFの三人は未《いま》だ蛇に睨《にら》まれた蛙《かえる》みたく動けないでいる。

「なるほど、あの二人のデートを邪魔するためにわざわざこんなとこまで来たってことだ」

「要するにどういうことだよレン……？」

「要するにこいつら三人ともグルってことだぜ円花」

「ははあ、じゃあ……」

円花《まどか》ちゃんが、そこで初めて引きつった笑みを浮かべる。そしてぐっと拳《こぶし》を握りしめ……

「——三人殺す!!」

「逃げろ!!」

凄《すさ》まじい殺気にあてられて、SSFの三人が脱兎《だっと》のごとく逃げ出す。

「待てコラ！」

まさしく転げ落ちるようにして大階段を降りていく三人を、蓮《れん》と円花ちゃんが追跡する。

……果てしない静寂。

俺と佐藤《さとう》さんは、顔を見合わせる。

佐藤さんはその目に涙を滲《にじ》ませながら震える声で一言。

「ど、どうしよう押尾《おしお》君……こ、腰が抜けて、立てない……」

≠　小彼郁実《おがのいくみ》

「——唐花洋一《からはなよういち》！　小彼郁実クン！　もっと本気で逃げないと殺されるぞっ！」

先頭を走る仁賀《にが》が、私たちに向かって叫ぶ。

後ろには鬼の形相で追いかけてくる謎《なぞ》のヤンキーカップル、捕まったら本当に殺されかねないという予感はあり、もちろん私たちも死に物狂いで大階段を下っている！

でも……！

「私は仁賀と違って、インドア系でっ……！」

そう、運動部にも所属している仁賀と比べると、私には悲しいほど体力がない。

しかも背中のリュックには秘蔵の佐藤さん写真を収めたアルバムが入っているため、これがまた重くて、体力の消耗に拍車をかけている！

まだ階段も下り切っていないと言うのに、すぐに息が上がってしまって、後ろの二人との距離も徐々に縮まりつつある。

いや、もっとひどいのは彼だ。

「ヒィッ……ヒィッ……ぼくもう、足がぁぁっ……」

唐花は今日一日、ほとんど園内を逃げ回っていたせいで、すでに足に限界がきていたのだ。

今にも階段から転げ落ちそうなぐらい、危なっかしい動きを見せている。

「唐花！　しっかりしなさい！　もうすぐそこまで来てる！」

「そ、そうは言っても……も、もう……」

……そして、とうとうそれは起こってしまった。

「あっ――」

階段を下りきって、あとは出口まで走り抜けるだけ――という段になって、唐花の膝《ひざ》が限界を迎えた。

唐花《からはな》は足をもつれさせ、そのまま身体《からだ》のコントロールを失い……

「うぐうっ！」

唐花が、がしゃあああんと派手な音を立てて、金網に突っ込んだ。

「──唐花っ!?」

「ちょっ、ちょっと大丈夫!?」

私と仁賀《にが》は急ブレーキをかけ、急いで唐花に駆け寄る。

「だっ……大丈夫、ちょっと擦りむいただけ……！」

どうやら派手だったのは転び方と音だけだったらしく、唐花は仁賀の肩を借りて、ゆっくりと立ち上がる。しかしヤンキーのカップルはもうすぐそこまで迫ってきていて……

「は、早く逃げるわよ唐花!!　このままじゃ捕まっ──」

そこまで言いかけたところで、私の身体を妙な感覚が襲った。

「──えっ」

いきなり、背中のリュックがふっと軽くなったのだ。

いや、それどころか身体そのものが上に引っ張られるような感覚がある。

あれ……？　というか私、ちょっと浮いて……？

「小彼《おがの》さんっ!?」

唐花が声をあげる。彼はひどく仰天しているようだった。

……いや、唐花だけじゃない。

仁賀も、あのヤンキーカップル二人組も足を止め、私の方を見て愕然《がくぜん》としている。

正確には、私の頭上を……

ここで初めて私は上を見上げて、そして――

「――ぎゃああああああっ！！？」

園内に響き渡るぐらいの悲鳴をあげた。

――鳥!!

とてつもなく大きな鳥が、私のリュックへ鉤爪《かぎづめ》を食い込ませて、ばさばさと羽ばたいている！

パニック状態にありながら、私はそこであることに気がついた。

唐花がさっき突っ込んだ金網――あれはただの金網じゃない。動物の檻《おり》を囲む金網だったのだ！

そして……元からだいぶガタがきていたらしい。

さっきの衝撃で金網の端の部分がちぎれて、ちょうど鳥一羽分の隙間《すきま》があいてしまっている！

すると今私の頭上で羽ばたいているこれは――オオワシ。

日本最大級の猛禽《もうきん》類が、リュックごと私を持ち去ろうとしていることに気付いたのは、すぐのことだった。

「た、たたたたっ、助けっ……!?」

「──小彼《おがの》さんっっ!!」

その場で誰よりも早く飛び出したのは唐花《からはな》だった。

唐花が、すっかり混乱してしまった私の身体《からだ》を抱え込む。

すると、そのはずみに私の腕からするりと、リュックのショルダーベルトが外れ……

「あぁっ!?」

すぐさま取り返そうとしたが、遅かった。

私のリュックにがっしりと鉤爪《かぎづめ》を食い込ませたオオワシは、あっという間に天高く舞い上がり、そして大観覧車のある方向へと飛び去って行く。

私の──命よりも大事な──写真を持って──


……中学生の頃、嫌いな教師がいた。

名前はもう……思い出せないけれど、いかにも体育教師って見た目で、本当に体育教師だったものだから、ちょっとだけ可笑《おか》しかった記憶がある。

そしてあれは……確か、私の誕生日のことだ。

いつも家にこもって本ばっかり読んでいる私に、お母さんが新品のカメラを買ってくれた。

私はそれが嬉《うれ》しくて、もらってすぐに家を飛び出し、日が暮れるまで写真を撮り続けた。道端に咲いている小さな花とか、寂れたパチンコ屋とか、スナックのネオン看板とか、空とか、雲とか、虫とか……とにかくそういうものを、色々。

そしてその帰り道……

「――小彼！　オマエはきっと将来ロクな大人にならんぞ！」

例の体育教師――確か犬の散歩をしていた――は、出会い頭にそんなことを言ってきた。彼の聴くに堪えない……支離滅裂な主張の数々は、もう思い出せないけれど。

確かおおむね、

――友だちも作らないで本ばかり読んでいたと思えば、今度はカメラ、そんなことではろくでもない大人になる。もっと健全な趣味にするべきだ――

……みたいなことを言っていた気がする。

今思い出しても、変な主張だ。カメラだって、十分健全な趣味だろうに。

……でも、中学生だった私はその言葉にひどく傷ついた。

それはもう、最高の誕生日が、一気に最悪の誕生日になるほどに。

ついさっきまで、今日撮った写真は一番にお母さんに見せびらかそうなんて考えていた自分が、馬鹿《ばか》らしく思えてくるほどに……

そんな時だった。

「——それが先生に、関係あるんですか？」

……彼女が、私の前に現れた。

私にとっては、一度も話したことのないクラスメイト。

そしてまだ「塩対応の佐藤《さとう》さん」という呼び名がついていなかった頃の——佐藤こはる。

彼女はその頃からすでに洗練されていた。

中学生と思えないほどに美しい容姿、そして誰にも媚《こ》びることのない、その孤高ぶり。

あの無神経な体育教師ですら、彼女の前では震えあがった。なにやら適当な愛想笑いを浮かべながら、逃げ帰ったものと記憶している。

そして一度も話したことのないクラスメイトが自分を助けてくれたという事実を受け止めきれなくて呆然《ぼうぜん》とする私に、彼女は言った。

「……写真、撮るの？」

戸惑いながらも、確かに頷《うなず》く。

すると彼女は、氷のような無表情のまま、ぽつりと一言、

「今度、写真の撮り方教えてね」

それだけ言い残して、彼女は立ち去った。

きっと、彼女はもう覚えていないだろうけれど……私はあの日から彼女に信仰を抱いた。

誰にも媚びず、自分を貫き通す彼女の孤高を、崇拝した。

……と、今までは思ってきた。

だけど、今考えてみると、これはそんなに大仰な話でもなかったのかもしれない。

私はただ、彼女に憧《あこが》れていただけ。

ただ、彼女の写真を撮りたかっただけ。

いつかあのアルバムに収められた写真の数々を――彼女に自慢したかっただけなのかもしれない、と――


しかし、そのアルバムも今や遥《はる》か空の彼方で。

私がどれだけ手を伸ばしても、届かないところにある。

……なんだか象徴的な光景ではないかと、気がついたら自嘲《じちょう》の笑いが漏れていた。

一番恐れ多いことをしていたのは押尾颯太《おしおそうた》ではない、きっと私自身だ。

そもそも私のようなただの根暗女は、ファインダー越しに彼女を覗《のぞ》くことすらおこがましかったのだ――

なんて考え始めた、まさにその時、視界の端から何かが飛び出した。

飛び出したソレはすごいスピードで駆けて行って、そして空を飛ぶオオワシめがけて――

大階段の最上段から、跳躍する。

高く、高く跳んだソレが手を伸ばし、そして――オオワシが持つリュックへと食らいついた。

あれは——
「押尾《おしお》、颯太《そうた》……？」

♠　押尾颯太

——気がついたら、身体《からだ》が動いていた。

体調が最悪だったことも忘れて、走り出していた。

「押尾君!?　なにを……」

佐藤《さとう》さんの声が遥《はる》か後ろから聞こえてきたけれど、その時すでに俺は跳んでしまっていた。

大階段のてっぺんから、こちらへ向かって一直線に飛んでくる、オオワシめがけて——

「っっっ！」

まっすぐにこちらへ飛んできていたオオワシが高い声で鳴き、急上昇する。

そしてすれ違いざまのコンマ数秒。

俺は腕を伸ばして、小彼《おがの》さんのリュックを摑《つか》み——そして奪い返した。

オオワシは一度甲高い鳴き声をあげ、そのままどこかへ飛び去ってしまう。

やった——

と思ったのも束《つか》の間。

全身を、体験したことのない浮遊感が包み込んでいることに気付く。

空が近い、眼下いっぱいに三輪《みつわ》アニマルランドが広がっている。

蓮《れん》が、円花《まどか》ちゃんが、仁賀《にが》君が、唐花《からはな》君が、小彼《おがの》さんが、地上から俺を見上げている。

全てがスローモーションに動く世界の中で、俺は初めて、自分が重力に従って落下していることに気付いた。

……やらかしたなと思った。

本当に、一体自分は何をしているんだろう。

小彼さんのリュックを、決して離さないよう抱きしめながら、地面に激突するまでの間……俺は今回自分のとった行動について考えてみる。

……でも、何度考えても身体《からだ》が勝手に動いた、以外の解答は出てこなかった。

ただ、このリュックはおそらく小彼さんにとっての大事なものだと気付いていたから。

なんとしてでも取り返さないといけないと思ったら……次の瞬間には跳んでいた。

……いや、そんな大層なことじゃないな。

俺はきっと、佐藤《さとう》さんの前では見栄を張らずにはいられないという、ただそれだけのことなのだ。

……これ、落ちたら痛いよなぁ。

いや、痛いどころじゃ済まないか。
小さい頃に落ちた滑り台の高さとはわけが違う。
大階段のてっぺんから、一番下まで真っ逆さま——十中八九、死ぬ。
ずいぶん呆気《あっけ》ない幕引きもあったものだと、また笑みが漏れた。
ああ、もうすぐ地面だ。
最後に何か、思い残すことはないだろうか。
……
……
…………いや、ないか。
だって、最後に佐藤さんの前でカッコいいところを見せられたのだから——
——そうして次の瞬間、俺は地面に叩《たた》きつけられた。
……叩きつけられたと思った。
——しかし黄金色のクッションが俺の身体を受け止めた。

「ぶっ⁉」

俺が勢いよく背中からダイブすると、その時の衝撃でぶわりと黄金色のカケラが舞い上がる。

初めは何が起こったのか分からずに目を白黒させたが……これは落ち葉だ。

山のようにうず高く積み上げられた落ち葉が、落下する俺の身体《からだ》を受け止めたのだと気付いたのは、それからしばらく経《た》ってからのことだった。

「……」

落ち葉のクッションに身体を預けながら、抜けるような青空を見上げて、放心する。

どこまでも青い、秋晴れの空……

視界の隅で、竹箒《たけぼうき》を構えたユズちゃんが不満そうな顔でこちらを覗《のぞ》き込んでいた。

「……やっぱバズるかも」

俺はぼそりと呟《つぶや》き、リュックを握りしめた両腕を、落ち葉のクッションへ投げ出す。

……右手に妙な感触。

落ち葉の中に何かある？

俺はなにげなく落ち葉の中に手を突っ込んで、それを取り出し、目の前まで持ってきた。

……思わず笑ってしまった。

「……完全に忘れてた」

今、俺の手の内には、透明なカプセルの中で間抜けな顔を晒《さら》す「忍者ミツ丸くん」の人形があった。

そういえば園長が言ってたっけな、園内のどこかに隠してあるって……

「身体健全のご利益もつけた方がいいよ……」

遠くから、みんなの足音が近づいてきた。

エピローグ

♠押尾《おしお》颯太《そうた》

……三輪《みつわ》アニマルランドでの騒動から、数日。

あのあと俺たちがどれだけ多くの人たちに、どれだけこっぴどく怒られたとか……そういう話は、たぶん誰も興味がないし、俺も思い出したくないので割愛するとして……

あれから俺の日常に起こった変化について、触れておこうと思う。

まずは朝、登校前に父さん手製のパンケーキをつつきながら、寝惚《ねぼ》け眼でテレビを眺めていたら……

「……マジ？」

あるニュースを見て、俺は思わず声をあげてしまった。

ニュースの内容は「天才お掃除猿のユズちゃんを一目見るため、県内外を問わず三輪アニマルランドへ来場客が殺到している」というものだった。

さすがに嘘《うそ》だろうと鼻で笑ったのだが、所狭しと車の並ぶ駐車場の映像を見せられてしまっては信じるほかなかった。

なんでも、とある女性マンガ家がＳＮＳに投稿した、ユズちゃんの落ち葉かき動画が爆発的に拡散された結果らしい。

ユズちゃんを抱き抱えたまま、誇らしげにインタビューに答える三輪園長を見たら、なんとなくイラっとしたが……でもまぁ、これで閉園は免れたろう。

また来年も佐藤《さとう》さんと三輪アニマルランドへいけると考えたら、嬉《うれ》しくなった。

ちなみにあの時逃げたオオワシは、すぐさま捜索隊が組まれ、数日にわたっての捜索が続いたが……三日目には何食わぬ顔で、自ら檻《おり》の中に戻っていたらしい。

きっと、彼もそれなりに三輪アニマルランドが気に入っているのだろう。

……たぶん。


それと、もう一つの変化。

俺が登校すると……

時たま、何故《なぜ》か下駄《げた》箱の中に佐藤さんの写真が入れられていることがあった。

ちなみに、今日の写真は「シャーペンを唇にあてながら、数学のテキストとにらめっこをする佐藤さん」。

……これ、一体どこから撮っているんだろう。

誰の仕業かは分からないし、蓮《れん》に伝えてみたところ「キモっ！　ストーカーだろ！」との反応をいただいたが……俺にはなぜか、この写真がそう悪いものには思えなかった。

……あと純粋によく撮れてるし。

最近では、下駄《げた》箱を開けるのが少しだけ楽しみな自分がいる。


――そして最後に、これが一番大きな変化。

朝登校して、教室で演劇部の三人と談笑している佐藤《さとう》さんへ、挨拶《あいさつ》をする。

「――おはよう、佐藤さん」

「おはよう……」

顔を赤らめた佐藤さんが、消え入りそうな声で挨拶を返してくれた。

……返してくれたんだよな？

ぶっちゃけなんて言ったか聞き取れなかったけど……

ともかく、佐藤さんはあの三輪《みつわ》アニマルランドでのデート以来、ずっとこんな感じだ。

一体どうしたんだろうと思っていたら……

「――なんでもあの小彼《おがの》？　って子のために跳んだ時の押尾《おしお》君がカッコ良すぎて、もうマトモに顔も見れないんだってさ。ホント毎日ノロケてくるんだから、押尾君なんとかしてよ」

と五十嵐《いがらし》さんが半ば呆《あき》れた風に解説してくれた。

佐藤さんは顔を真っ赤にして、そんな五十嵐さんのことをぽこぽこ叩《たた》いていたけれど……

まぁなんにせよ、佐藤さんが俺のことをからかうようなことは一切なくなった。

それはそれで寂しい気がするけれど……

……まぁ、当初の目的は達成できたから、結果オーライなのかな？


そんなことを考えながら、席に着いたところ……

ぽこん、とスマホが鳴った。

見ると通知欄には「佐藤こはるさんが　画像を送信しました」とある。

……なんだろう？　まさかまた自撮りじゃないだろうな……

そこはかとない不安がありつつも、トークルームへ飛んでみると、そこに貼り付けられた画像には……

「あっ、忍者ミツ丸くん」

それは、佐藤さんのスクールバッグにぶら下げられた忍者ミツ丸くんの写真であった。

そこへメッセージが続く。

〝つけてみたの〟

〝せっかく押尾君からもらったから〟

〝にあってるかな？〟

自分の席に座る佐藤《さとう》さんをちらりと見やる。目が合った。佐藤さんはたちまち顔を赤くして、スマートフォンで自分の顔を隠してしまう。

……なんだか、デジャヴな光景だなぁ。

俺は少し考えてから、メッセージを打ち込み、佐藤さんへ送信した。

〝放課後、タピオカミルクティーでも飲みに行こうか〟

佐藤さんがスマートフォンで顔を隠したまま、こくりと小さく頷《うなず》いた。

なんだかんだで、頑張った甲斐《かい》はあったみたいだ。

了

あとがき

はじめましての方ははじめまして、猿渡《さわたり》かざみです。さるわたりではございません、さわたりです——なんて言っているうちに、早いもので『塩対応の佐藤《さとう》さんが俺にだけ甘い』ももう5巻となりました。

5巻……なんともキリのいい数字ですね。チェックポイント感があります。ぼくは掛け算でも5の段がいちばん好きでした。

さてそんなわけで、気付けば本作「しおあま」はプロアマ時代問わず、ぼくの中で最も付き合いの長いシリーズとなってしまったわけですが、思い返せば長いような短いような道のりでありました。

ウェブからの書籍化、重版、コミカライズ、公式グッズ化、そしてこのたびのシリーズ累計四十万部突破……

ぼくのような木っ端作家にとってはたいへんありがたいことばかりで、目も回るようです。ここまで「しおあま」を支えてくださったみなさまには、ひとえに感謝しかありません。

さてそんなわけで今回のあとがきは珍しく、ちゃんと、真面目に、関係各所への謝辞の言葉なんかを述べてみようと思います。

なんせ今回はあとがきが4ページもあ……いえ、なんでもありません。気を取り直して、いつも通りお決まりの文句から始めてみようと思います。

謝辞を。

Aちき先生、いつもいつもいつもいつもいつも素晴らしいイラストありがとうございます。今だから言いますが、5巻のカバーイラストはほとんど顔パスで通しました。なんといっても佐藤さんの顔がいい。顔が……

佐藤さんにこんな顔ができるようになるまで、5巻分かかりました。

塩対応の佐藤さんという物語の、ある種チェックポイント……ここまでAちき先生と一緒に走り続けられたというのはとんでもなく光栄な話です。巻を重ねるごとに少しずつ表情を変えていく佐藤さんがいちオタクとして楽しみで仕方ありません。

ぼくもAちき先生の描く佐藤さんの魅力を最大限引き出せるよう精進いたしますので、これからもなにとぞよろしくお願いします。

次にコミカライズ作画担当の鉄山かや先生。

かや先生の描く新しい「しおあま」を、原作者監修という名目でご相伴に預かれるのは本当に役得だなと常々思っております（これでお金までもらえるのヤバいでしょ）。

さておき、かや先生をはじめとした「マンガワンしおあまチーム」の皆さんのおかげで、実に多くの人たちに、本作について知ってもらうことができました。

マンガ「しおあま」は、ぼくが言うのも変な感じですが、原作とはまた違った味わいがあって読んでいて非常に楽しく、また新たな発見があります。

「え!?　ここの佐藤《さとう》さん、こんな顔してたの!?」「気付かなかったけどこのシーンマンガになると破壊力がすげ〜〜〜っ」「というか単純に鉄山先生のマンガ力が高ェ〜〜〜」みたいな……

こんな素晴らしいコミカライズを世に送り出していただき、かや先生、ならびにマンガワン編集のMさん、Wさんには本当に感謝しています。

世界で一番原作を読み返しているはずのぼくがこれだけ楽しめているので、まだコミカライズ版を読んでいない原作勢の皆ももちろん読んでくれよな（宣伝）。

続いて、今回から担当編集となった小山《こやま》さん。

小山さんはドがつくほどのベテラン編集でありますからして、とにかく安定感があります。

ちなみにこれはガタイの話ではありません。もちろんお仕事の話です。

小山さんとお仕事をするのは今回が初めてで、お互いに慣れない中、多少ぼくがやらかしても「うーん、それよりすごいミス前に見たことあるしなぁ」と、一度見た技は二度通用しないとばかりに堂々としておりますので、ぼくも安心して仕事をすることができます。

思うに、あの何事にも動じないさまは恵まれたフィジカル面が作用してのことでしょう。ちなみにこれはガタイの話です。

たぶん、ぼくのことを指一本で潰《つぶ》せる小動物かなにかだと捉《とら》えており、それゆえに多少のミスなら許せてしまうのです。小さき者として、これほど頼れる味方はそうおりません。

これからも精進いたしますので、なにとぞ指先でぷちりとやるのだけは勘弁してください。よろしくお願いします。

そして次に、広報担当のかざみちゃん。

広報活動のためにクロがねや先生のウチから雇いましたが、ロクに宣伝もしてくれない上に雇い主の手を嚙《か》みまくる最凶マスコットキャラクターです。

他にも人の家の菓子を勝手に食う、家電に威嚇《いかく》する、根本的にぼくをナメている、と感謝するところなどなに一つありませんが、可愛《かわい》いので謝辞を。

そしてもちろん最後に、この「しおあま」の出版に携わってくれた皆さま、更に「しおあま」を応援してくださっているみなさまへ大きな感謝を。

ここまでこれたのも、ひとえにみなさまのおかげであります。

さて、こんなところで謝辞を締めくくりたいわけですが、なんと4ページのあとがきが埋まりました。最高。やはり感謝というのは素晴らしいものであります。

では、ぼくはこれからよく冷えたビールと、牛スジがとろとろになるまで煮込んだどて焼きに謝辞を述べてまいります。アフターファイブってわけですなワハハハハ。

さてうまいことも言えたところで、そろそろ締めくくります。

ではみなさま、6巻でまた会いましょう。

ガガガ文庫8月刊

塩対応の佐藤さんが俺にだけ甘い5

著／猿渡《さわたり》かざみ

イラスト／A《あ》ちき

文化祭で佐藤さんに可愛い一面を知られてしまった押尾君は、そんな状態で動物園デートをすることになってしまい……。威厳を取り戻したい押尾君と、彼の照れ顔ショットを収めたい佐藤さん。果たしてデートの行方は？

ISBN978-4-09-453019-3（ガさ13-5）　定価660円（税込）

呪剣の姫のオーバーキル ～とっくにライフは零なのに～ 3

著／川岸殴魚《かわぎしおうぎょ》

イラスト／SO《そ》品《ひん》

再び動き出した因縁の敵、黒衣の男。シェイ達は教会直属の対魔獣戦力“駆除騎士団”と共に、人の力が及ばぬ魔獣の世界“外域”へ。変異種、巨大鱗甲獣、蟲の王――試練の地で、辺境の命運を懸けた戦いが幕を開ける！

ISBN978-4-09-453020-9（ガか5-33）　定価682円（税込）

双神のエルヴィナ2

著／水沢《みずさわ》 夢《ゆめ》

イラスト／春日《かすが》 歩《あゆむ》

天界最高峰・六枚翼の女神が人間界に降臨！ その名はシェアメルト――自称“天界の恋愛博士”の目的は、人の想像を絶するものだった……！ ヤバさも強さも桁違いの女神の襲来に、照魔とエルヴィナの絆の力が試される！

ISBN978-4-09-453021-6（ガみ7-27）　定価704円（税込）

千歳くんはラムネ瓶のなか6

著／裕夢《ひろむ》

イラスト／raemz《レームズ》

すべてが変わってしまったあのとき。ただ一人動いたのは彼女だった。「あの日のあなたがそうしてくれたように。今度は私が誰よりも朔くんの隣にいるの」いま、交わされた誓いと、それぞれの弱さが明かされる――。

ISBN978-4-09-453022-3（ガひ5-6）　定価935円（税込）

プロペラオペラ5

著／犬村小六《いぬむらころく》

イラスト／雫綺一生《しずきひとみ》

イザヤ、ミュウ、リオ、速夫、ユーリ、カイル、クロト…。誰が生き、誰が死ぬのか。戦史上前代未聞の「三角関係大戦争」日之雄帝国対ガメリア合衆国戦!! 最大凶悪の飛行戦艦「ベヒモス」が、東京を蹂躙する!!

ISBN978-4-09-453023-0（ガい2-33）　定価869円（税込）

僕を成り上がらせようとする最強女師匠たちが育成方針を巡って修羅場3

著／赤城大空《あかぎひろたか》

イラスト／タジマ粒子《りゅうし》

貴族の子女カトレアを退けた《無職》の少年の噂は、貴族たちの動向すらも変えてしまう。街の名物「喧嘩祭り」が開催されるなか、クロスたちの目の前に貴族の派閥という大きな壁が立ちはだかることとなるのだった。

ISBN978-4-09-453024-7（ガあ11-24）　定価704円（税込）

ガガガブックス

最強職《竜騎士》から初級職《運び屋》になったのに、なぜか勇者達から頼られてます6

著／あまうい白一《しろいち》

イラスト／泉《いずみ》 彩《さい》

精霊界に滞在することになった最強の運び屋アクセルの元へ、精霊ギルドのマスターから依頼が来る。最強の運び屋は異なる世界でも頼られる！ 元竜騎士の最強運び屋が駆け抜ける、トランスポーターファンタジー第6弾！

ISBN978-4-09-461152-6　定価1,320円（税込）

GAGAGA

ガガガ文庫

塩対応の佐藤さんが俺にだけ甘い5

猿渡かざみ

発行　2021年8月24日　初版第1刷発行

発行人　鳥光 裕

編集人　星野博規

編集　小山玲央

発行所　株式会社小学館
〒101-8001 東京都千代田区一ツ橋2-3-1
[編集]03-3230-9343　[販売]03-5281-3556

カバー印刷　株式会社美松堂

印刷・製本　図書印刷株式会社

Printed in Japan　ISBN978-4-09-453019-3

第16回小学館ライトノベル大賞
応募要項!!!!!!!!!!!!!!!!!!!!!!!!!!!!!!!

ゲスト審査員は磯 光雄氏!!!!!!!!!!!!!!

大賞：200万円＆デビュー確約
ガガガ賞：100万円＆デビュー確約
優秀賞：50万円＆デビュー確約
審査員特別賞：50万円＆デビュー確約

第一次審査通過者全員に、評価シート＆寸評をお送りします

内容 ビジュアルが付くことを意識した、エンターテインメント小説であること。ファンタジー、ミステリー、恋愛、ＳＦなどジャンルは不問。商業的に未発表作品であること。
（同人誌や営利目的でない個人のWEB上での作品掲載は可。その場合は同人誌名またはサイト名を明記のこと）

選考 ガガガ文庫編集部＋ゲスト審査員 磯 光雄

資格 プロ・アマ・年齢不問

原稿枚数 ワープロ原稿の規定書式【１枚に42字×３４行、縦書きで印刷のこと】で、７０～１５０枚。
※手書き原稿での応募は不可。

応募方法 次の3点を番号順に重ね合わせ、右上をクリップ等（※紐は不可）で綴じて送ってください。
① 作品タイトル、原稿枚数、郵便番号、住所、氏名（本名、ペンネーム使用の場合はペンネームも併記）、年齢、略歴、電話番号の順に明記した紙
② ８００字以内であらすじ
③ 応募作品（必ずページ順に番号をふること）

応募先 〒101-8001 東京都千代田区一ツ橋 2-3-1
小学館　第四コミック局　ライトノベル大賞係

Webでの応募　GAGAGA WIREの小学館ライトノベル大賞ページから専用の作品投稿フォームにアクセス、必要情報を入力の上、ご応募ください。
※データ形式は、テキスト（txt）、ワード（doc、docx）のみとなります。
※Webと郵送で同一作品の応募はしないようにしてください。
※同一回の応募において、改稿版を含め同じ作品は一度しか投稿できません。よく推敲の上、アップロードください。

締め切り 2021年９月末日（当日消印有効）
※Web投稿は日付変更までにアップロード完了。

発表 2022年３月刊『ガ報』、及びガガガ文庫公式WEBサイトGAGAGAWIREにて

注意 ○応募作品は返却致しません。○選考に関するお問い合わせには応じられません。○二重投稿作品はいっさい受け付けません。○受賞作品の出版権及び映像化、コミック化、ゲーム化などの二次使用権はすべて小学館に帰属します。別途、規定の印税をお支払いいたします。○応募された方の個人情報は、本大賞以外の目的に利用することはありません。○事故防止の観点から、追跡サービス等が可能な配送方法を利用されることをおすすめします。○作品を複数応募する場合は、一作品ごとに別々の封筒に入れてご応募ください。